十七歳の硫黄島

秋草鶴次

文春新書

544

十七歳の硫黄島◉目次

N
日本
東京
太平洋
父島
小笠原諸島
母島
硫黄島
沖縄
台湾
マリアナ諸島
サイパン
テニアン
グアム
フィリピン
パラオ諸島
トラック諸島
ペリリュー
カロリン諸島
ビアク
ラバウル
ニューギニア

硫黄島略図

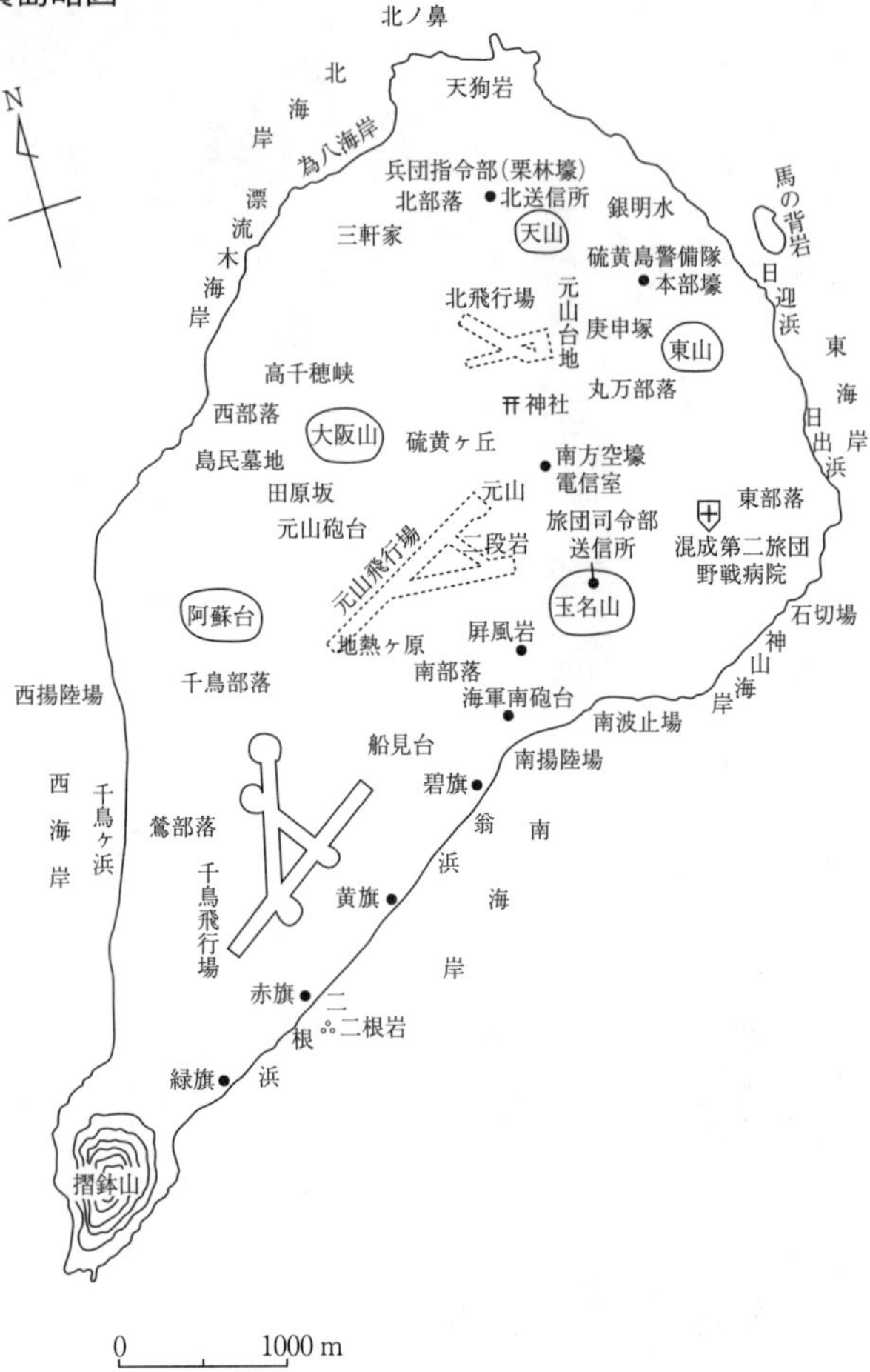
N
北ノ鼻
天狗岩
北海岸
為八海岸
兵団指令部(栗林壕)
北部落
北送信所
銀明水
馬の背岩
漂流木海岸
三軒家
天山
硫黄島警備隊
本部壕
北飛行場
元山台地
庚申塚
東山
日迎浜
東海岸
高千穂峡
丸万部落
神社
西部落
大阪山
硫黄ヶ丘
日出浜
島民墓地
南方空壕
電信室
田原坂
元山
東部落
元山砲台
旅団司令部
送信所
混成第二旅団
野戦病院
元山飛行場
二段岩
阿蘇台
玉名山
石切場
地熱ヶ原
屏風岩
神山海岸
千鳥部落
南部落
西揚陸場
海軍南砲台
南波止場
船見台
南揚陸場
碧旗
西海岸
千鳥ヶ浜
鶯部落
翁浜
南海岸
千鳥飛行場
黄旗
赤旗
二根浜
二根岩
緑旗
摺鉢山
0
1000 m

著者十五歳、横須賀海兵団時代

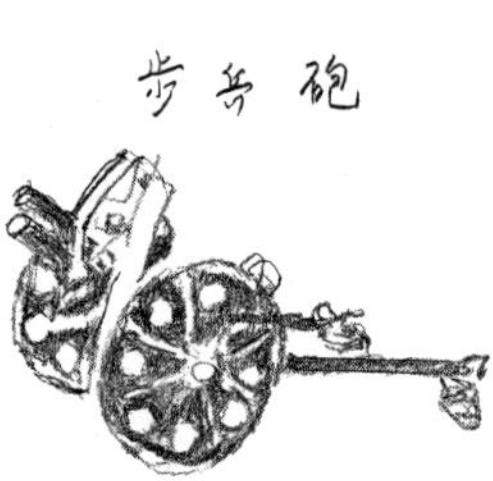

さし絵／秋草鶴次

「はじめに」「おわりに」執筆／石田陽子

はじめに

硫黄島は東京から千二百五十キロ南にある小さな火山島である。

東京都に属するしゃもじ形のその島は、本土とサイパン島のほぼ中間地点に位置する。しかも日本軍がつくった飛行場があった。

長びく日本との戦争に早く決着をつけたい米軍にとって硫黄島は、日本本土への空襲を大規模に始めるには絶対に欲しい拠点であり、逆に日本軍にとっては、硫黄島を守り抜けば、米軍の本土上陸を防ぐことになる。

硫黄島は、太平洋戦争終盤において日米双方の最重要戦略地点となった。

すでに昭和十九年六月から米軍の激しい空襲と艦砲射撃が加えられていたが、昭和二十年二月から三月にかけての攻防戦は、史上例のない激戦となり、日米ともに甚大な犠牲者を出した。

硫黄島で戦った二万一千人余の日本兵のうち、生きて還ったものはわずか千二十三人。この本の著者、秋草鶴次さんはそのひとりである。

摺鉢山の星条旗と名将栗林忠道中将をシンボルとする、日米の勇敢な将兵たちの死闘ばかりが語られてきた硫黄島だが、ひと月の徹底抗戦の末、栗林中将が決別電文を発して戦死したあとも、島中に構築された地下壕のあちこちにはまだ数千人とも一万人ともいわれる将兵が潜んでいた。投降して捕虜となることも、肉弾と化して突撃することも自決することもできず、逃げ場もなく、飢えと渇きの中で苦しみ抜いて死んでいった者たち。

人間が正視しかねる戦場の事実を、壕の中で通信兵、秋草さんは見ていた。戦いは、三月二十六日の総攻撃で終わったわけではない。なかったことにされてきた過酷な実態を、このまま葬ってしまっていいのか——。戦後日本に戻ってから、秋草さんは脳裏に焼きついた硫黄島での体験を、ひたすらノートに書きとめた。だが、その記録は両親にはどうしても見せたくなかった。知ったらどれほど悲しむか、それを思えば、隠しておかなくてはならないものだった。備忘録は人知れず押入れに積み重なっていくのみだった。

両親がこの世を去った時、彼ははじめてそれらのメモをもとに、あらためて原稿用紙にしたためる決心をする。その作業は昭和四十九年の初頭から始まった。親指と小指、そして短くなった薬指だけの右手にペンを握って、書いては直し、直しては書いた。その分量は、原稿用紙で千枚を軽く超えている。

若き飛行士、飯沼正明に憧れて

「俺もぜったい民間飛行士になって、この空を飛ぶんだ」

昭和十二（一九三七）年春、群馬県の矢場川尋常高等小学校初等科四年、十歳の誕生日を迎えたばかりの秋草鶴次少年は決心した。

この年の四月十日、朝日新聞は、国産飛行機「神風号」が現地時間の九日、東京・ロンドン間の約一万五千キロを九十四時間十七分五十六秒という、当時としては驚異的なスピードで飛行し世界新記録を樹立したことを大々的に報じた。「神風号」はほかでもない朝日新聞社所有の民間機だ。操縦士は同社航空部に所属する二十四歳の若き飛行士飯沼正明である。航空部は、電送技術がまだ発達していなかった当時、写真や原稿を現地から社に届ける、いわば花形セクションだった。

朝日新聞はその年の元旦、七段抜きで「本年度我社の計画」という社告を掲載している。「亜欧連絡記録大飛行」という大見出しで、国産新鋭機でイギリス新皇帝ジョージ六世戴冠式に祝賀親善飛行をする、という目的も紹介されているが、本当の目的は新記録樹立にあることを新聞読者はみな知っていた。

途中経過を報じる四月九日の紙面には、「〝神風〟けふぞ英京入り」の大見出しが掲げられ、「『涙』で追へぬ神風の姿　泣き崩れる日本人一家」「〝おお東洋人の神風！〟バスラに『人種』の熱狂」などの文字が躍っている。

帰国した飯沼青年は、熱狂で迎えられて時代のヒーローとなり、全国の少年たちの憧れを一身に受けた。秋草少年は、頭上に広がる空は、どこまでも果てしなく続いていている、そして大空を駆ければ、まだ見ぬ世界に飛び込むことができるのだということを、この若き飛行士から教わったのである。

未来は可能性と夢にあふれていた。

十五歳にして故郷を離れ

秋草少年が、生まれ育ったのは群馬県山田郡矢場川村（現・栃木県足利市）。渡良瀬川右岸の分流、矢場川の左岸に沿って開けた農村である。昭和十年代、戸数は約五十軒だった。寺と神社が村のほぼ中央に位置し、それぞれ南西の田んぼに接している。矢場川は集落の裏側、村の北側に流れ、それがまた群馬県と栃木県の境界線となっていた。

昭和十二年八月十五日。お盆の中日のこの日、菩提寺の円性寺に親戚が集まって先祖の御霊供養をしていたさなかに、初めて渡洋爆撃が行われたことを一族で知った。七月七日に盧溝橋で交戦状態に入った日中両軍は、ちょうどこの頃、上海でも衝突していた。

昭和十七年、秋草少年が高等小学校を卒業する頃には、もう民間飛行士の募集はなくなっていた。代わって「来たれ若人、陸に海に　陸軍幼年学校、少年航空兵」という文字が、新聞雑誌に氾濫して、少年たちの心を揺さぶった。少年航空兵の受験に際して第一志望を予科練（飛行兵）、第二希望を通信科と書いた。予科練の選別試験は一次試験が学科で、出頭通知書がくれば二次検査の実技試験に進むことができる。さらに出頭通知書がきたら合格である。

秋草少年は、一次試験を通過し、二次検査の実技試験もなんなくこなすことができた。当然、合格と思っていたのになぜか出頭通知はこなかった。近郷の出身者だった試験官の少尉が、長男であった彼を、ほぼ確実に死へと向かわせる予科練に進ませることを忍びなく思い、あえて合格させなかったのではないか、と秋草少年は思った。そして少年は、第二志望の通信科に進むことになる。

四月、秋草少年は群馬県太田市の中島飛行機製作所内に新しく設立された航空技術学校の設計科に進学する。この学校では現職軍人による教練も多く、自分も志願して軍人になるのだという意識をはっきり持つようになった。

その年の九月一日。満十五歳の秋草さんは横須賀海兵団に入った。少年たちにはすぐに真っ白な夏の軍服、セーラー服が支給された。いざ着てみるとリボンが解けたり結んだリボンの左右が揃わなかったりで、なかなか難しい。海兵団で、はじめての体罰を体験するのは、このセーラー服の着方にまつわるものだった。入団から何日も経たぬある日、服装点検が行われた。並んだ水兵の着衣を担当班長が見てまわる。

「一歩前に」と声をかけられた者がいた。見れば確かにそいつのリボンの結び方は少し変だった。班長は「ただいまより軍人精神を注入するっ」と言った。着付けを教えるのではない。バットで、野球ならホームランになる振り方で臀部を叩いた。全身身支度のよい者も、全員その体罰が加えられた。その瞬間、呼吸が止まった。全身の筋肉が石のように硬直した。骨の髄まで食い込む衝撃で、握った拳が催眠術にかかったように固く締まって震えた。たった一人のために、班の全員が一様に、理不尽ともいえるような制裁を受けるのは、ここでは逃れられないことなのだと、このとき知った。

横須賀海軍通信学校

同年十一月一日。海軍一等水兵に昇進し、横須賀海軍通信学校に入学した。

同期生は七百二十八人。海軍通信学校では万事が競争だった。教科は以下の通りだ。まず基礎学として、電磁気、電気機器、無線理論、無線機器、気象学。普通学として、数学と英語。無線兵器として、送受信機、無線電話機。送受信技術の実習。武技として、剣道、柔道、銃剣術、相撲、水泳、陸上、球技、カッター、手旗。加えて、精神教育と約二十日間の陸戦教練通信実習があった。

在学中には遠足もあった。三浦半島、衣笠公園、軍艦三笠、そして翌十八年の七月中旬には東京行軍が行われた。このときは、宮城《きゅうじょう》（いまの皇居）、靖国神社、明治神宮を参拝した。卒業旅行のようなものである。

七月二十二日、無事卒業。同日付きで横須賀海軍通信隊、六会《むつあい》分遣隊勤務を命じられ、すぐに出発した。初めての実部隊勤務だった。

硫黄島赴任が決まって

翌十九年六月十八日、運命の転勤命令が下った。赴任先は、第二南方方面派遣艦隊司令部。だが、それがどこなのかは知らされない。

赴任直前に帰郷が許された。二泊三日の休暇である。

大事に隠していた玩具の箱を取り出して、庭に莚《むしろ》を敷き、往時を思い出しながら蓋を開けると、はじめはおとなしく珍しそうに見ていた弟たちが、待ちきれずやたらと手を出す。それを制止しながら取り出して見せた。油紙、渋紙《しぶがみ》、新聞紙などを一枚一枚はがし、出てきたものを小さな手に乗せた。メンコは山中鹿之介、加藤清正、岩見重太郎、丹下左膳などの絵が描かれたものだ。富山の薬屋さんからもらった珍しい四角い紙風船もある。ビー玉は大小さまざまで、いろんな色があり、独楽《こま》の各種に無邪気な子供は大喜びだ。盆と正月がいっしょに来たような大騒ぎとなった。

夕餉《ゆうげ》では、裏に住む親友が海軍飛行整備兵に志願して外地勤務になったこと、父

出征

の従兄弟が陸軍憲兵としてビルマに、上野松坂屋に勤めていた父の弟が召集されて満州に、二十歳の姉もまた従軍看護婦として満州に渡ったことなどを聞いた。

夜更けになって、「おばあやん、三味線ひいてくれるかい？　久しぶりに聞きたいなあ」とねだった。明治二年生まれの祖母カクは、よく常磐津を口ずさんだ。また神官の家に生まれたせいか、信仰心にあつく、お大師さまの話を聞かせた。農家の仕事に忙しい母にかわって秋草さんを育てたのはこの祖母だった。

祖母は、そうかい、と押入れから三味線を取り出してきた。嫁入りの時に持参したものだ。見る間に糸を張り調子を合わせると、次から次へと弾いて歌った。やがて手をとめ、いま、六段が終わったところだ、と言った。そして祖母は、「死ぬでないぞ。死んで花実が咲くものか。咲くなら墓場はいつでも花盛りだ」と言って少し笑った。その夜は、濃い緑の麻蚊帳に入って眠った。蚊帳が微《かす》かに夜風を受けていた。夢か現《うつつ》か、煤《すす》けて赤茶けた居間の柱時計が、「ボォーン」とひとつ音を鳴らした。

翌日は天神様に参詣して武運長久を祈る。夜は近所の人たちが集まった。長老の小父さんが、「帰省休暇が与えられるということは、よほどの激戦地へ行くということだろう」と言う。村でも何人かの兵隊が休暇を貰って帰ってきたが、彼らはみなその後の消息がわからなくなったのだそうだ。ほかの人びとは誰も無口で、互いの顔色だけを見ていた。台所の母は、この談義を聞くや聞かずや、ただ黙々と働いている。居間の片隅に静かに控える祖母は、時々袂《たもと》から手拭いを取り出し目頭を押さえていた。

翌朝は、家の前に大音声が上がった。「秋草鶴次くん、万歳！」の三唱だ。この呼号に応えて「留守家族をよろしくお願いします。出発します！」と挨拶した。

赴任地が硫黄島であることを知るのは、七月二十八日、中継地点の小笠原諸島の父島二見港をやっと離れたときだった。硫黄島は地熱が高く、いたるところに硫黄ガスを噴出させており、湧き出る水などいっさいない荒涼とした島であることはまだ知らない。そしてこの島が太平洋戦争のなかでも、もっとも凄惨な戦場となるということなど知るよしもない。硫黄島に上陸した秋草さんは、その時、十七歳。待っていたのは、かつてあったはずの、可能性や夢からもっとも遠い現実だった。

本書では、硫黄島赴任から六カ月目、米軍上陸直前からその手記が始まる。

第一章

米軍上陸は近い

敵の攻撃は日々苛烈さを増している。

米軍上陸前夜、秋草通信兵は何を思っていたか――。

同年兵の親友、影山昭二くんとの出会いと、硫黄島に着くまで、そして着いてからを回想する。

昭和二十年一月二十四日、ついに米軍接近

一月二十四日早暁、目を覆いたくなるほど多数の艦隊が、今にも接岸しそうな気配で、ゆっくり動いている。お互いの間隔を修正しているとも見える。旗艦らしき戦艦は、南海岸の所定の位置についたようだ。

嵐の前の静けさか、耳に入る音は全くない。この島の南の端、摺鉢山のふもとの海岸に打ちつける白波も、静かに転げ飛び廻っている。時折り、朝日を浴びた小粒が、七色の光沢を一瞬に放ち消えてゆく。

ズドーンと一発、この静寂を破って発射された。その一瞬、砲弾は押出した硝煙とも離れ、青い空へ約四十度の高角にまっ黒い正体を現わした。

大きいぞ、あれは四十センチだ。すぐに水平になり弧を画いて先端より着地、破裂した。続いて砂塵が舞い、破片が奇妙な音を響かせて飛び散る。ドカーン、ドドーン。四十センチ砲弾のたった一発による大音響だ。

午前八時ちょうどだ。続いて堰《せき》を切ったように撃ちまくってきた。

上陸を視野に入れているのか、やはり島の南側に集中している。砂岩の台地に、あんな奴が

落ちたのでは、直撃でなくとも命中したのと同じように威力があり、大きな被害が出る。

巡洋艦四隻から発射される二十センチ砲弾と、戦艦一隻からの四十センチ砲弾が、縦糸となり横糸となってまるで銘仙でも織っているようだ。こんな眺望もまた、俺のいる玉名山ならではの眺めだった。玉名山は、摺鉢山につぐ高さで、海抜百二十メートルの岩盤山である。

無数の飛行機が現われては消えている。空中衝突になりかねない混雑ぶりで乱舞している。攻撃は正午に止まったが、その後も休みなく続けられた。旋回する飛行機との連携で、その弾着の位置を修正したり、航空写真電送による攻撃目標の指定等、諜報活動で得た情報と相まった技術を駆使した総合絨緞攻撃が加えられた。

続けざまに浴びせられる砲弾で、硫黄島は大洋に浮く小舟のようだ。上下左右に常に震動がやってくる。

日本軍が一年近くかけて造り上げた地下壕は島内いたるところに散在している。壕はほとんどが砂岩やそれに似た土丹《どたん》岩で囲まれているため、軟かく、その振幅の煽りを受けて、天井や壁面がザラザラッと崩れる。

壕の構造は比較的狭小な幅で、より深く掘り下げようとしたが、地熱という自然界の抵抗に遭い、それもままならず、その場ごとの地質に応じて造られた。

他部隊と壕の中で接続させたり、並行している二本の壕が至近弾の余波を受け、間仕切りの壁が落下し、ひとつの壕になる。そのおかげで、他部隊と交流がはじまったこともあった。

南方諸島海軍航空隊本部壕（略称・南方空壕）も憂き目にあった。西北部の幹線壕が、直撃弾のため陥没、甚大な被害を受けた。何百人かの尊い生命が、一瞬にして武器弾薬とともに埋没してしまった。そこは警備隊待機所だった。

壕をつなぐ接点部には天窓が、丸くぽっかりと開いた。そして塞がれることもなく後日まで残った。反対側の壕は袋小路になってしまった。

砲撃が小康状態になったかと思うと、また思い直したように激しくなる。しかし午後五時を期して止まった。砲弾がどこからも飛んでこなくなった。

一月とはいえ硫黄島ではまだ日が高く、田んぼや畑なら、もう一仕事できると思えるのに米軍の攻撃は終りになった。

今日もまた生かされたのか。

砲撃は止っても、その艦船は動かない。停泊するか、それとも上陸準備か、こちらの警戒の眼はいっそう鋭さを増してくる。

見ること、自分で確認して情報を正確に伝達する、それが俺が所属する通信科の任務である。敵の機動部隊は、硫黄島を取り巻いて停泊し、変った動きは認められない。

平穏なうちにあたりは静かに墨色を増してきた。

今夜上陸か？　我われはそれに備えて覚悟を決め待機の配置についている。

夜半の上陸、夜襲？　それはないだろう。

敵は鳥目だ、青い目だ、あれでは夜は見えないんだ。

本当かい。

よくは知らないけど……。

砲撃がやんで日が落ちて、空と陸と海がひとつに染まっているのに、蛍火のような灯が甲板を遊泳している。作業ではないようだが、判定できない。たくさんの艦船が停ったはずなのに、灯りの揺れる船はごくわずかで、やはり休んでいるのか、静かである。

今夜は静かだと思っていたのも束の間だった。ひとつの照明弾が、暗がりの南地区台地に蓮の花のように開いた。照明弾を頂点としてその底辺は、大きく三角形に広がり、煌煌と照らしている。

掘り返された瓦礫のかたまりが、白黒の陰影に見え、灯りとともに微かに流れる。その照らされた端に俺はいる。

照明弾は、しばらく空をふらふら揺れながら降りて来た。いったん消えそうになってから、白い煙を一握り強く吐き出し消滅した。地上わずか十数メートルだった。照明弾は一晩中、全島を照らした。忘れた時分には、砲弾も打ち込まれた。威嚇牽制をしながら、実弾射撃訓練をしているようで、散発だった。

真赤に立ち登る火柱の台地に元気よく飛込んで来た照明弾は、硫黄島の上にわがもの顔で咲き誇ったかに見えたが、しだいに下降してさ迷い、ついにその輝きを失う。

俺の生きざまだよ。

そうだ、ならば今はどの位置だ。地上十数メートルの最後のあかりを消さないようもがいているに過ぎないのか。

いや、まだ死にたくない、生きるんだ。自分から死ぬことはない。なぜ生まれてきたんだ、二度とない人生だ、一つしかない命だ。故郷のみんなが待っている、祈っているんだ。無事の帰りを待っている。訃報を喜ぶ人なんか、本当はありっこない。

俺の通った通信学校や下宿先まで、真っ白な髪の祖母は自分の面倒も満足にはできないのに、会いに来た。一緒に来た母の、あの仕草は、にじんだ汗を拭っただけじゃない。笑うことも、さりとて泣くこともままならず、一言もしゃべれぬ母は、その姿を俺の心に焼き付けた。カラ元気に振る舞って時を過ごし、別れてきた。

まだ少し早い。この世にもう少しいたい気持が湧く。北方を望んで故郷を想う。頑張るよ。五十年の半分くらいは生きなくっちゃ、生まれてきた甲斐がないじゃないか。この世にまだやらなくてはならないことがあるんだ。それをやりたい、やらせて欲しい。そんなことを考えたりしていると心眼ともども徐々に冴え返ってくる。

道端のおおばこやたんぽぽが、大石に踏まれながら、その苦痛に耐え子孫のために綺麗な花を咲かせる、精一杯の生き方をしている。

この世にいらない人間なんて一人もいない。誰だって生きる権利がある。未練じゃない、まだやらなけりゃならない事があるんだ。絶海の孤島にあっては、望むべきものは山ほどあっても、叶えられるものは爪の先ほどもない。

流星のように走る砲弾の軌跡を見ながら、俺の心は別の世界を旅している。


一月二十五日、空と海からの攻撃が始まった

周囲に白さが広がり、早朝の匂いが漂って来た。しばらくすると、物々しい装いのシルエットが沖合に整然と見えてきた。

あんなところで一泊したのか。ともあれ昨夜はついに上陸しなかった。今日は来るのか。いまのところ、海も陸も静寂さを保っている。船が見えるということは、船からも島が見えているはずだ。むやみに振舞うこともできない。だから威嚇の必要も薄いのだろう。やがて乳白色の緞帳が開き、太平洋の大舞台が朝日の下にさらけ出された。だがこの舞台のどこにも動きや音がない、まさに見合いの態勢だ。

我われも今のうちに、しっかり腹ごしらえをしておけよ。

辛うじて作った米飯だ。よく味わって食べるんだ。

そうだこれは、俺の親父が丹精して作った米だ、せがれのために、老骨にむちうって念入りに作った米だ。道理でうまいや、故郷の味と同じはずだ。

こんな空想でもしなけりゃのどを通らない。人を見ては、くにの誰かを思い、荒涼たる台地も、くにの緑の田んぼに置きかえ、山を見れば故郷の山脈を思う。

午前八時、宇宙にまで響くような大音響が上がった。攻撃開始のゴングだ。

大小の砲煙がいっせいに立ち上った。艦船がどっちを向いているのか、定かでない。島のまわりの船から、射撃競技のように抛物線《ほうぶつせん》が入り組んで飛んでくる。舞い上がる砂塵は、桜島の粉塵に似て、空に流れ、摺鉢山が見え隠れしている。それにともなう音響は耳栓が欲しいほどの大きさだが、どうにもならない。その震動で、いくら頑張っても望遠鏡のピントの震えが納まらない。

井の中の蛙が天界を覗くようなものだ。直径約十センチの望遠鏡で眺めている、この壕の窓の視野は、固定した円形だ。そのために何カ所かを組み合せて、広大な状況を観察する。

送信所に続くこの壕は、摺鉢山、船見台、二段岩と並ぶ玉名山の見張所であり、特に南地区の要所でもあった。敵の上陸地点も南地区と想定される。南地区は、海軍司令部をはじめ、第二十七航空戦隊、その麾下《きか》にある南方諸島海軍航空隊、海軍警備隊、海軍陸戦隊、設営隊など約七千三百余名を飲みこんでいる。

また、別の壕にあってこれに呼応する陸軍部隊では、混成第二旅団司令部をはじめ、歩兵大隊、砲兵主力大隊、中隊、機関銃大隊主力、速射砲大隊主力、工兵隊、突撃隊主力、機関砲隊、他主力部隊や病院壕、繃帯所《ほうたいじょ》等の陣地や施設の一万三千余名に達する将兵が、一人残らず息を殺して、熱い地下に待機していた。

昨日からの凄じい攻撃によってこの時点ですでに、地上の生物は蟻一匹も認められない島に変貌していた。しかしなお執拗な攻撃は反復されている。今日も朝からの砲撃の途中に、艦載機による二度の攻撃と、一回のB29の編隊による空襲が組み込まれて、午前十一時五十分に攻撃が止んだ。おそらく昼食時間だ。

よく時間を守っているようにもとれ、あるいは彼らは戦争請負人か、少なくとも職人根性があるとも思った。

いくら休憩時間だとはいっても、戦地である以上、弾丸の来ない保証はない。いつ飛んでくるかわからない。海上の砲身は、常時こちらを見据えていて、今にも弾が飛び出してきそうだ。あそこにはまだ人がいる、というだけで砲撃の的となる。人の存在する気配を察知されないために、極限の神経を使って我われは対応した。どんなに静かになっても地上に出てはならない。

煙草の煙さえも船から見える、夜でも確認出来るとの事で禁煙となった。鏡のような光りもの、灯り、煙などを一切厳禁して、静かに壕内の熱さをこらえ、水不足に耐えながら、敵の砲爆撃に甘んじていた。水を見て水に囲まれて生活しているのに、水に困り苦しめられている。

一時間が過ぎて、甲板の人影が動き出した。もしや午後の部への戦闘配置か。まもなくその読み通りになった。

四十センチ砲弾はさすがに大きい。何度聞いてもでっかい破裂音だ。その穴ボコも、それなりに凄いのが開く。軟弱な地盤が田畑を耕したように、細かくひっくり返されていく。

果たして今日か明日にでも上陸する気か。それにしては少し船が少なすぎる。あれくらいの数では上陸できないだろう。今日の結果を写真にして次回のそれと比べ、どれくらい補修されたかその変化を見極めて、日程を決めるのだろう。だから砲撃が終った後も、足跡ひとつ、つけてはならんのだ。外には出るなということだ。

午後は短時間で航空攻撃に移行した。いくら撃ち込んでも、飛んできても、こちらの人影はまったくなく反応すらない。

敵はプールに釣糸を垂れる想いで眺めているに違いない。首から下げた双眼鏡が忙しく島内を探っている様子が肉眼で見える。敵艦はここ玉名山から二キロあるかないかの地点に停泊している。超低空を飛び交う艦載機が増してきた。船がしだいに接近してきた。

空の乱舞がすんで、引継いだ砲撃は、その発射音が花火会場の対岸から打上げたも同然にまともに跳ね返ってくる。

自然に両耳を塞ぎ、今にでも上陸しかねない状勢を見詰めている。

不意にただならぬ波動を感じた。この体が上下に振動する。「危ない、伏せろーっ」と誰かが叫んだ。頑丈だと思っていたのに、壕内にザザーッと砂塵が舞い、頭から砂を被った。至近弾によって跳ね飛ばされた砂塵が、壕の窓の円筒を通って室内に跳び込んできた。大切な窓が埋まってしまった。この二メートルの厚さの壁の穴が閉ざされ、視界がなくなった。しばらくは音なしの構えでいたいが、それでは任務にならない。懸命に筒の中の砂を掻き出す。

夢中で除去作業をしているためか、砲弾の音が耳に入らない。こりゃヘンだ、ほんとに聴こえない。手を休めてしばらく息を殺して、聞き耳を立てる。音がしない、聞こえない。東側の筒から見える視界に海を横切る船が映った。三時を少しまわった。今日は三時じまいか。帰る気になったか。神山海岸のすぐ先をゆっくりと静かに巡洋艦が遠ざかっていく。寝ついた幼児の枕元を離れる母のようだ。

筒窓の中味の砂は動こうともしない。押しても引いても動じない。やはり明日にしよう。夜では足跡がつき過ぎる。明るくなってから現状を保存しながら、外からやるしかない。

一月二十六日朝、外の景色は一変していた

一方的に攻撃を受けるだけでも、立派な戦場だ。軍規や軍律は整然としている。翌朝、筒内清掃のために外に出て驚いた。荒涼寂寞《せきばく》とした光景が広がるさまは、別世界にでも来たのかと思わせる惨状だった。賽《さい》の河原とはこういうところかと思った。

これほどにまで打ちのめされても、手も足も出ない、対するすべを知らない日本は、果たして本当に勝てるのか。掩護攻撃も物資も来ない。来るものは途中で攻撃されて水没する。

この醜態を眼前にした兵は、悲壮な覚悟を植えつけられる。

清掃中の手にも力が入らず、交代交代で続けた。やっと貫通した時は正午近くである。でもよかった、開いた。達磨さんに黒眼が入ったようだ。みんなが喜んだ。

見渡せば、ひとりの兵士が、クレーターの激しい台地を東から西の方へ横切って行くのが見える。まるで遠くの山から柴を刈ったお爺さんが、やっと帰ってくる姿のようだ。この人は足跡など気にしていない。目的地まで行けるのだろうか。

幸いに積もった土砂は浅く、作業は順調に終った。海に向かって腹を絞るように深く息を吐くと、磯の香を孕《はら》んだ空気が気道や肺に残っていた熱気を薙《な》ぎ倒して突入してくる。

もう少しこの場にいたい。こんな景色でもこれが見納めかもしれない。この世の名残りであろう。ついにこの島も終焉の時を迎えるか。俺もまだ童顔、鮮かなる数え十九の春である。

しばらくして、牢屋にでも戻る気分で壕に戻る。ジーンと地熱が襲ってくる。やはり中は熱い。赤いアルコール温度計はいつも四十度付近を示している。できるだけ入口近くに落ち着く。微風が訪れるのを待つのだ。

雑魚寝には慣れたけど、着た切り雀と水気のないことといったら、極刑に値する仕打ちだ。

一月三十一日、外出すべしとの伝達があった。司令部への情況報告だ。明日一日出発だ。二十四日、二十五日と一泊二日の艦砲射撃を浴びてからは、連日の空襲があり、明日も来ることは必定だ。もしかすると旧正月と知っての派手な攻撃を目論んでいるやもしれず、気が重く、そのまま夜に入った。

「影、明日は行くぞ」といったら、「俺も行く」と影が答えた。一人かと思っていたら、やはり影と一緒だ。他に誰が行くのか、わからない。そこへ一人が寄ってきた。小さな声で、明日はお願いします、と言う。その声は通信兵の山田功だった。ようし、三人か、明日は早朝出発だ。夜明け出発にしよう、と並んで横になった。

しだいに夜も深くなり、鼾《いびき》や寝言がはびこる。寝つけない、何度か寝返りを打ったが、どうにもならない。それならばと野営を決して外に出た。

月が空の中央にいる。明りを遮るものがないのに、なぜか暗い。あるいは明日は雨が降るかもしれない。それとも今夜半中か。外はさすがに寒く感じる。このまま外で一気に寝るか。

親友〝影〟のこと

〝影〟とは、影山昭二くんの愛称だ。影は、俺と同年兵で、横須賀海軍通信学校の同級生だった。在校中は分隊が違ったため、とくに親しい関係ではなかったが、昭和十八年七月二十二日、卒業と同日付きでともに横須賀海軍通信隊、六会《むつあい》分遣隊勤務を命じられた。はじめての任地に同期生といっしょに向かうのは心強く、安心感が沸いた。俺は群馬県山田郡矢場川村、影は静岡県引佐郡細江町出身だが、昭和二年生まれの同い年だ。向かう道すがら自己紹介をした。ついで田舎のことも話し合った。すぐに気が合った。そして、互いに姓の一字をとって〝影〟、〝秋〟と呼び合うことに決めた。

以来、この日までずっと寝食をともにしてきた弟分の親友である。身長一メートル六十三センチの俺より少し小柄ながら、濃い眉と黒目の大きな瞳が印象的な、まじめで気持ちの優しい男だった。農家の三男で人なつこいところがあり、みんなに好かれた。俺と同じ志願兵だった。

昭和十九年六月十八日、転任の命令が下った。南方派遣艦隊司令部への転任だという。南遣なら赴任地は文字通り南方であろうが、陸上なのかあるいは艦なのか、それさえもわからない。でも、影も同行だと聞いて、このときも少しだけ安心したのを思い出す。そういえば、壮行会のあとの眠れぬ夜も、影と一緒に過ごした。あの夜は全員が食堂に集合し、俺たちは注がれるままに慣れぬ酒を飲んだ。影は、と見ると、元来の下戸だから誰よりも顔が赤い。

会は、夜の更けるのも忘れたように盛大に盛り上がった。しばらくして誰ともなく歌いだす。一フレーズが終わらぬうちに合唱となり、つぎつぎと軍歌を歌った。いちだんと声を張り上げ「海ゆかば」を合唱して会はお開きとなった。影と連れだって宿舎に帰ったのだが、眠気どころかかえって目が冴えてくる。俺は静かに寝返りを打った。影も動いた。俺は厠《かわや》にいくふりをして床を離れて部屋を出た。影は黙ってついてきた。

送信機冷却用水である庭の水槽の縁に影と並んで腰を下ろした。影もまた、どこに赴任するのか心配で眠れなかったのだろう。俺たちは「……家族はまだ、なにも知らずにいるのだなあ」「……赴任先からすぐ手紙が出せたらいいなあ」などと話した。口には出さなかったが、俺も影も、戦地は戦死と同義語と捉えている。すると、誰かが通りかかった。渋谷兵長だ。俺たちの心を察してか、「眠れなかったら泳ぐとよく眠れるよ」と言って去った。俺は影と目を合わせた。着ていたものを脱ぎ、よし、やるか、と言って水に飛び込んだ。二、三回往復して互いに違った縁にあがった。

あの夜も、水面には中天の丸い月が歪んで浮いていた。

硫黄島への旅

その後、俺たちは横須賀軍港から輸送船に乗った。船は鋼鉄の軍艦ではなく、木造の民間改良船だった。武器らしいものはまったく乗せていなかった。船尾に「延寿丸」とあったのが読めた。

延寿丸は小笠原諸島父島に寄港。待機していた通信科員と合流した。ここで熊倉保夫くんと知り合った。彼は岩手県の農家の生まれで二歳年上だが、階級としては部下になる。身長は一メートル六十五センチくらいで体重は七〇キロもあろうか。大柄でひげが濃く、剃り跡が広く青い。眉毛は二匹の毛虫のようで、胸や腕、脛も、毛むくじゃらだった。面倒見がよく、器用で如才ない。彼も志願兵だ。酒は飲めないたちだったがタバコが好きで、常時「誉《ほまれ》」を携帯し、四等分に指でちぎり、真鍮のキセルで、うまそうに喫《の》んでいた。

父島二見港から俺たちを乗せた上陸用舟艇は、敵潜水艦からの攻撃をなんとかかわすことができた。魚雷を食らうことなく無事、硫黄島に到着した。七月三十日であった。

船から下りて西海岸の水際に立ち、いざ上陸というまさにそのとき、上空に飛来した敵機の一群から、激しい機銃掃射を浴びた。逃げ惑っているうちに、俺は影とも熊倉ともはぐれてひとりになってしまった。陸地に向かって命からがら走りこんだあたりで、トーチカを見つけ、近づいたときだった。中にいた兵士に語気鋭く怒鳴られた「おまえの来るところじゃねえ。早く行け」。俺はすかさず、海軍はどっちでしょう、と尋ねた。兵士は「あっちにいけっ」と怒鳴り口調で前方の小高い一画を指さした。これが俺の、硫黄島上陸最初の会話であった。

俺は驚きと恐ろしさで後ずさりしながら、ちらっと中を覗いてみた。すると怒鳴った男ともうひとり、同じように、粗朶《そだ》や草葉を身体にくっつけて周囲の色に偽装した兵士がいた。真っ黒い顔で窪んだ目玉をギョロギョロ光らせていた。これが日本人かと疑いたくなるような人相だった。そのとき、途中、延寿丸のなかで聞いた、「硫黄島に向かっているなら、地獄行きだぜ」という、だれかの低い呟きを、はっきりと思い出した。

その日のうちに、なんとか俺の任地、南方諸島海軍航空隊本部壕電信室にたどり着くことができた。幸運がいくつも続いたおかげで、六カ月たった今日も、こうして俺は生きている。

硫黄島、初めての戦地

硫黄島は、名前の通り硫黄の臭いが漂う、硫黄ガスの噴き出す島だ。東京から約千二百五十キロメートル南南東の海に浮かんでいる。海岸線の延長二十二キロ。島の南端に位置する摺鉢山から眺めた北端の北ノ鼻まで約八キロしかない。しゃもじ型の幅の広い部分で約四・五キロ。

一番狭いところが約八百メートルである。島内随一の摺鉢山は海抜百六十九メートル。島内の台地は、高いところで百十メートル、平坦地では百メートル前後。とくに南海岸は海抜数メートルの砂浜である。

岩石と呼べる地質は、摺鉢山、玉名山、北ノ鼻、東北海岸線、そして硫黄鉱山くらいである。ほかは土丹《どたん》層と呼ばれる赤土の塊に似た粘土質の地質だ。硬いと思うと崩れ、柔らかいと思うと硬く、扱いづらい。南海岸翁浜に近い地熱ヶ原と呼ばれるところ、また西地区鶯谷にも天然温泉がある。北ノ鼻より少し東に寄った温泉浜には、水中や海岸から突然に噴出する間欠泉がある。公園の噴水のように多数の細い口から噴き出す珍しいものだ。ただ、いずれも高温のため、浴びることはできない。

いま島民の姿は見当たらないが、戦闘前には内地から移住してきた千人余が生活していた。大半は、東京製糖工場と硫黄鉱山精錬所で働いていた。そのかたわら、一部ではコカインなどの薬用植物を栽培していたようだ。昭和十九年六月十五日、初めて米機動部隊の襲撃があった。艦載機約六十機による空襲である。ついで翌十六日、沖で一泊した機動部隊は、なお百機に余る艦載機と艦砲射撃による攻撃を繰り返した。

各戸、十六歳以上の男子ひとりと、老人、女性、子供たちが内地に送還された。抽選によって、順次西海岸から引き揚げていった。みんな手荷物しかもたず、着の身着のままだったとい

西方より摺鉢山を見て上陸

う。すぐまた帰れると思っての避難だったのだろう。島に残った男子は約八十人。現地徴用され、軍属として海軍陣地に配属されている。

　俺たちにとっての、この島での初の任地である南方諸島海軍航空隊本部壕は、南波止場から北約一・五キロ地点の元山台地にあった。島内最大の壕で、三カ月くらいは籠城できるだろうと噂されていた。壕内の人数は約八百人。ドラム缶は五百本は下らない。ドラム缶は、重油、軽油、ガソリン、そして飲料水である。

　入り口のひとつは南西の位置にある。始めは狭くひとり分の幅しかない。弓なりの坂を下り、入り口が見え始めると同時に、凄まじい臭気を帯びた熱風が吹き上がってくる。と、とたんに緩い勾配になる。下りきると、そこは縦横にかなり広い平らな底の部分である。三つの辻がつくられており、そのひとつを直進すると、通路の右側にポケットと呼ばれる、壁面よりさらに奥行きのある一画がある。この一画は壕の入り口付近にはほとんど設営されているが、監視員や見張兵の控えスペース、あるいは爆風や銃弾よけとしても機能した。また、内から隠蔽するための資材、竹、角材、土丹岩などが用意されていた。左側には、小さなポケットがつくられ、皿に載った灯心が揺れていた。この灯りの右奥が通信科である。

事務室、士官室、通信長室、電信室、暗号室が、衝立や布切れで仕切られている。俺たちが勤務する電信室は、壁際に受信機が一列に並んでいる。当直の通信兵は六時間交代でレシーバーを被《かぶ》る。無線の電鍵を打つ音、鉛筆を走らす音以外にはいっさいの音のない、俺たちの静かな戦場である。となりは暗号科。電文を作成する者、翻訳の関係書類をめくる者、こちらもそれらの微かな音以外は音がない。そのとなりが主計科と主計科管理の食糧品倉庫である。底部にはドラム缶が寝かされ、天井の中ほどぐらいまで、大小の木箱が積み上げられていた。さらに関係職員室、厨房と続き、糧秣《りょうまつ》は壕のT字路突き当たりまで続いていた。T字路の右が、壕の東南の出入り口で、一番大きい。バスも通れそうだ。ドラム缶などはここから搬入したのだろう。出入り口から曲がって外の光が失せるあたりに、土嚢が四尺ほどの高さに積まれ、堰が千鳥型に構築されていた。

それぞれの土嚢の陰にはポケットがあり、機関銃などの銃器や弾薬が格納されていた。もとのT字路に戻り左に行くと、数歩先の右側に細い壕があって行き止まりとなっている。ここは、東北から東南の範囲を警戒する東の見張り所だ。壁際からすぐに急なのぼり階段になっている。狭くて二人は並べない。見張り員の交代場所としてポケットがあるが、その広さはひとりがようやく入れる程度。階段を登りきるとやっと日の光が見えた。窓というよりは穴だ。親指一本が入るくらいの小さな穴である。すぐそこに海が見えて、ここが絶壁であることがわかる。だからここからは誰も出入りできない。敵に見つかることもないだろう。

下りてまたもとのT字路に戻って直進すると幅五メートルくらいのポケットがあり深く掘り下げられている。ムシロを仕切りとしてぶら下げた厠だった。奥の二カ所が大便用だ。壕内の地熱で便所は乾いていて一見未使用のようだが、臭気が半端ではない。何百人もの排泄物ではそれもしかたがない。

その先がY字路になっていて、右に行くと、そこは霊安所だ。入り口の左右に灯りがともされ、底まで覗ける。土に隠されてはおらず、死体はそのまま安置されている。Y字路の左の勾配を登ったところにあるのが北方見張り所。ここは出入りも容易だが、外界の視野が狭い。東の見張り所の、吸入型気流に対して、排出性が高い。外に出ても、付近には排気の臭気が漂っていた。

またY字路まで下りて右折すると壕がある。いちばん北部の壕で、天井が少し低いが左側に二人並んで歩ける通路が確保されている。西側はドラム缶が敷き詰められたベッドの病院壕である。病院といっても看護婦さんはひとりもいない。俺たちが島に到着したばかりの頃から、すでに傷病兵が列を切らさないでいた。

病院壕の東側には、南方諸島海軍航空隊の中枢機関壕がある。隊長以下各科武官の作戦会議室などが並ぶ。入り口からは遠く、空気の流れなどほとんどなく、中枢機関壕とてひどい異臭が我がもの顔に漂っている。硫黄、人いきれ、汗、油、体臭など、すべての悪臭を混ぜて発酵させたような臭いだ。また異常に熱い。

汗で消える暗号本

南方空壕通信科の、日々の業務はこんな具合だ。六時間勤めて六時間または十二時間非番になり、また六時間の勤務に入る。内地だったら自由時間は、手紙を書いたり読書をしたりといった自由が与えられたが、ここで手紙を自由に書ける人は、そうとう上の人に限られる。ましてや読書などできる人はおそらくいないのではないだろうか。すくなくとも俺たちには、それは望めないと始めからあきらめていた。

ただ、通信兵は、壕掘りやその手伝いはしなくて済んだ。

暑さと悪臭のなか、受信機の前の椅子に腰掛けて六時間、片時もレシーバーを放せないのは想像以上につらい。昼も夜も変わらぬ暑さだ。まるでオンドルが全開しているようだ。暑いと思うとなおさらに暑い。汗が糊《のり》となって身体中の布を吸いつける。頭から煙が上るように湯気が立ち、レシーバーの押さえる耳の感覚が薄れ、臀部が痺れてくる。電鍵を調整して、受けるのか打つのか、絶えず待機している。

電文は突然入ってくる。受信の感度が悪いときは左の人差し指の腹を上に水平にして、同期コンデンサーのつまみをその指に乗せるようにして、親指で横に転がしながら静かに微妙に左右に移動させる。最高感度点を、通称、音域の谷と呼び、その位置に合わせる。日の出日没時には電波の通達距離が不安定になる。この時間帯にはどうしても聞き取れずに困ることがあった。通信員にとって、誤字、脱字、冗字の三悪は厳しく咎められる。電報のように生の文章なら前後の関係で推測できるが、暗号文ではどうにもならない。こんなときは、再送信をお願いしながら、終わりマークのモールス符号を受信するまで真剣な作業が続く。

「・・・ー・ー」というモールス符号は終止符を意味し、合調音で「おわりマークむー」と読む。次の予定時刻まで電源を切って休止する交信最終符号だった。俺はこれを送信するのも受信するのも、一番嫌いなものだった。

暗号書は、真っ赤な表紙で、通称、赤本と呼ばれていた。着任当初、赤本の読みかけ部分を左腕で押さえながら夢中で受信していたら、頭から連なる汗が、腕に流れて本を濡らしてしまい驚いた。重要機密だけに、水に濡らすと跡形もなく文字が消えてしまうのだ。赤本を白紙にしてしまうという失態をおかしたこともあった。

薄暗い壕内で、滝のような汗と戦い孤軍奮闘を続けていると昼か夜かも判然としなくなってくるが、脱水症にならぬよう気をつけなくてはならない。通信科の隅にはバケツの水が用意されていた。常時、水番が見張っている。一度に小さな茶碗に一杯だけ飲めることになっている。

水を飲むと汗が倍加するので控えたいが、やはりなにより水が飲みたい。一度でいいから思い切り飲みたい。バケツの水は、水といっても名ばかりで、しょせん雨水だし、硫黄ガスの独特な臭気と室温を溶かし込んでいる。ゴミや微生物も見え隠れしていた。食事も握り飯がひとつきりだった。

自分の勤務を終えて引き継ぎが終わると、所定の寝床に向かう。ドラム缶の波の、下の隙間に靴を置き上着とズボンを脱ぐ。ズボンはドラム缶に敷き、上着は枕になるようにたたむ。毛布などはいっさいない。ドラム缶の波の凸部分で体重を支えるので、最初は当たる部位が痛くて寝つけなかったが、すぐにそれにも慣れた。

天井を向くほどの空間的な余裕がないから横向きに寝る。仲間の手や足が乗ったり絡んだりしてくる。みんな同じだからか、誰も「お前、臭いぞ」などとは言わない。激しい疲れも手伝って、みなすぐ寝入っていた。「こんなところで寝られるものか」と思っていたのが、もう嘘のようだ。そして「お願いします、勤務です」との囁きに起こされて、また当直室に入っていく。交替時間だ。

硫黄島を巡った日

夜勤当直のない明け休みが、影といっしょになることだけが俺の慰めだった。ある時、明け休みに壕を出て、影といっしょに周辺を散策したことがある。

その時は、一番大きな東口から出てみた。出ると離れるにつれ下り勾配となる。右手は庇のような絶壁に、草木が垂れ下がっている。そして数十分ほど歩いただろうか。島の中ほどにくると、硫黄ガスの臭いが痛いほど鼻を突いてきた。島中央には硫黄島神社が祀られている。社を境に、南西から西北にかけての一帯が硫黄鉱山で、黄色一色の中から、ところどころガスが噴き出ている。黄色の肌をさらけだした岩肌に登ろうとした。硬くて滑りやすい岩を登ってガス発生源に近づいたが、噴出口をのぞくことはできなかった。

木造の小さな本殿を祀る社頭には、総丸木づくりの鳥居が建っていた。鳥居の南側にある一本の立ち木は鳥居の柱より少し細く見えた。社前の北東に榊に似た樹木が生えていた。拝殿から鳥居の囲いより、玉名山の左側を望むことができる。あるいは辰巳の向きに祀られているのかもしれない、と思った。神社を参拝してから北方へ迂回して帰路についた。獣道のような道を選ぶように歩いていくとやがて小さな林に入った。なんとなく物々しい雰囲気が漂っている。急ぎ足で林を抜けると、急に視界が開けた。広大な草原である。

身を隠す草むらや株、築山などの高地もない。はるかな対面には小高い樹木が、稜線をかたちづくり左右に伸びている。これが第三飛行場（北飛行場とも呼ばれる）の北側の遠景であった。建造物はなにもない。また、滑走路や道らしきものもない。ただ漠然と広いだけである。この広場の南端に沿って東に歩いた。樹木の茂みには、片翼を偽装隠蔽した飛行機の残骸が、あたかも避難しているように置かれていた。林の中には、高射砲、機関銃などの陣地がところ狭しと連なっている。

林の中から物音が聞こえてきた。四角いムシロの隅を対角に荒縄でつなぎ、十字の交差に丸棒を通したモッコを前後でふたりの兵が担いで現れた。モッコのなかには、掘り出されたばかりの土くれが無造作に乗っていた。ふたりは、帽子や服、肌や靴の色まで真っ黒で、見分けられないほどに似ている。日本兵に間違いない。

前方にモッコの中身を放り出して、またふたりで帰っていった。ふたりの間に会話もひと休みもない。俺たちをチラとも見ずに黙々と運んでいる。彼らの背中には、汗の塩分が白く乾いて固まり、大波小波の模様を描いている。言葉をかけても迷惑そうだ。作業中は、たとえ栗林忠道兵団長が通りかかっても、会釈したり作業を中止したりすることなく継続せよ、との上意が、下達徹底されていた。酷暑の下、真水などほとんどなく、硫黄ガスと地熱を発する土地を深く掘り進むのは、どう考えても容易なことではなかった。

この草原を東に行くと、庚申塚や古山部落を経て、日迎浜に通じる。浜の中ほどから右折して南西の向きに歩き、丸万部落と麻生部落の間を抜けて、やがて南方空壕の北口に戻ってきた。

わが住まいの所定の場所に戻って、雑巾のような真っ黒な手拭いで汗をふいた。「壕掘り作業のない俺たちは、この島ではましな部類なのだろう」と、影と小さく囁きあった。

とはいうものの、俺たちの職場南方空壕の衛生状態は日一日と悪化した。微生物や虫の繁殖は物凄い勢いである。蚊とハエ、蛾は昼夜なく飛び回り蚤《のみ》と虱《しらみ》の増殖も勢いを増している。これらへの対策はなにもなかった。幸い通信科の位置は入り口に近いためか、ほかより多少は少なめであった。排泄物の累積に厠もたちまち満杯となり、増設や新設でこちらも増殖する。傷病死者も増え、深く掘られて見えなかった安置所の底が足元と同じになっていった。やむなく入り口に木の柵をつくりムシロを掛けたが、室温が高いため、異臭の修羅場となるのにそう時間はかからなかった。

転任、そしてまた転任

そんなある日、俺と影のふたりは「用が済みしだい、事務室に来るように」と呼び出しを受けた。入っていくと、正面の椅子に海軍大尉高野与三郎通信長がおられた。明日の朝、玉名山送信所に行ってもらいたい、という転勤の通達だった。俺はこの時、笑みがこぼれるのを精一杯耐えた。

玉名山送信所は、全鉄筋コンクリート製である。その厚さは壁八十センチ、天井百センチ、その屋上にさらに約二百センチの土を被せて、それが付近の台地と同じ高さの平坦になっている。偽装の野草もほどよく育っていた。天井の高さは二メートルでどこも一定である。機械室以外の空間は、機器部品資材の保管所、食糧品置き場、兵舎となっている。総員十三名で、四交替で勤務する。発電機室に隣接して、二十平方メートルの有蓋水槽がつくられていた。ドラム缶の風呂もあった。兵舎では、コンクリートの床にムシロを敷き、毛布を掛けて寝た。自分で考案した枕や寝台を使う者もいる。食事は、電熱器があったから、毎食温かい炊き立てのご飯を食べることができた。汁と漬物も出たのが嬉しかった。

玉名山送信所には九月半ばまで勤務したが、転勤となる通信長の指名で、今度は北送信所の勤務となった。またしても影といっしょにふたりで転勤せよ、という嬉しい下命だった。しかも北送信所は、玉名山送信所よりさらに恵まれた任地だった。北の海岸線は絶壁で、しかも北ノ鼻は水面下に岩石島が散在する難船場だった。ここからの上陸はありえない。ここはおそらく島では最後の戦場になるだろう。それまで生きてここで死ねたら最高だ、と思っていた。

翌昭和二十年一月二日、通信長に呼ばれてふたたび玉名山送信所で勤務するよう命じられたときには、全身の血が引き、倒れそうな感覚が走った。敵上陸地点は九分通り南海岸と見られており、とすると玉名山は最前線になる。三カ月は寿命を縮めたと感じた。けれど命令だ、行くしかない。今回も影と一緒なのが救いだった。

前回赴任したときと比べると、玉名山の状況は一変していた。

第二章

情報収集

米軍が上陸すれば直接対峙するであろう、最前線の送信所に異動。
そこでは多くの情報が行き交った。
大本営や兵団司令部、索敵機からの情報、米軍側無線も傍受した——。
偵察や、伝令・戦況報告は、命がけだった。

二月一日の任務

話を戻そう。

二月一日の未明。影と二人で南方空本部へ情況報告に出発する日。月も沈み、あたりは真の闇となっていた。

壕の外で寝ていた俺は、一つ、二つ、と来て初めて雨つぶに気づいた。

頭から降りかかるのを心地よく感じながら、壕に入った。「雨だ、水だ、スコールだ」と叫ぶように怒鳴る。「急げー」。

大勢の人が手当りしだいに、入れ物をつかんで飛び出した。命をつなぐ真水だ。

屋外に並べた入れ物のそばで、身体中を濡らして精気を得んと、雨に打たれる。思いっきり大口を空に向けて、水の飲み貯めをする。

水は丸や四角の器にしたがって量を増し、そして溢れだす。まだ器は何かないかと探すものもいるが、もう前途は見えてきた。

雨足はほんの一時《いっとき》で、細くなってきた。水筒を耳のそばでふった。六、七分位がやっとだ。器から水筒に移して満たすことができた。広口の器はいっぱいになったので、こぼさぬように静かに壕内に運んだ。何にも増して貴重品だ。

影山兵長

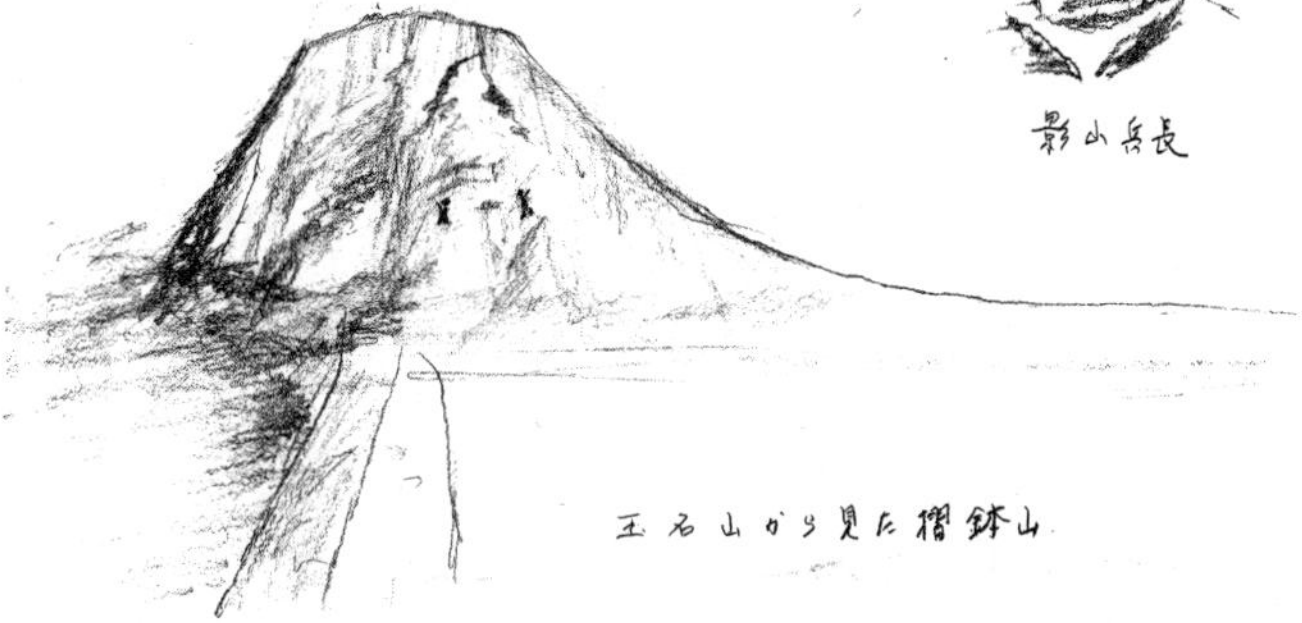

玉名山から見た摺鉢山

すっかり明るくなった時には、台地にそれらしい水溜りはなかった。

はるか西方の水平線に、山脈のかたちをした薄墨色の雲が横たわっているのが望める。

今日もまた、暑くなる。どうせ寝られないなら、出かけるか。気分転換した今がいい機会かもしれない。よし行くぞ。起きている者に尋ねると、俺も行くよ、と言った者が外に出た。全部で八人だ。少尉奥田年男掌通信長が外に出てきて「途中、十分気をつけて。頼むよ」と話された。掌通信長とは、通信長のすぐ下に位置し、各現場を指揮する実務レベルの責任者のこと。

俺たちが与えられた任務は、損害情況の確認と情報交換である。どのあたりが被害の多い地区か、負傷者はどこかに出ていないか、などを聞いてくるのだ。

けれど我われの本心は別にあった。糧秣ははたしてどれくらいもらえるか、その数量を心配していたのだ。雨がすっかり晴れ上がった後の、清々しい涼気を久々に味わいながら、本部司令部壕を目ざして進んだ。

道しるべになる地形はすっかり変わってしまっていた。それでも、最大の目印は北硫黄島、南硫黄島と、摺鉢山、玉名山、二段岩、天山などの高い地帯であり、硫黄採掘跡地や砂糖キビ密集地、広大な飛行場などを注視しながら進んだ。

くぼみに滑り落ちると、一瞬にしてこれらの目印が隠れてしまう。頭上は真青な平面だ。蟻地獄の穴ぼこは一時の休息を与えてくれたが、抜け出すために砂山に挑戦しなくてはならない。

いくらもない距離なのに、時間が経ってしまった。

東の海に卵型の真赤な太陽が浮かんできた。その朝日を狙う仕草の雲は、早朝の雨雲か、ドス黒い一群を形づくっていた。お陽さまと雲の戦いが今にも始まりそうだ。これらを横目にしながら進んだ。

しばらくして、少し道を間違えたらしいと気づいて立ち止まった。前方には落葉を焚くような青白い煙が見える。あれはなんだ。近づいてみると、丸い窓のような穴があり、そこから異臭を吐き出していた。

わかった、これが敵の攻撃で陥没した壕だ。近づくと落盤するかもしれない、と離れた。

まもなく本部司令部壕の入口に来た。入口に通じる掘割はあった。とぎれながらも続いていた。

あったここだ。急に汗が吹き出てきた。このままこの穴を目がけて入る気になれない。もう少しこの汗をなんとかしてから入りたいと、休息した。

やっと汗が引いていくのを感じた。

息を止めて一気に進入した。著しい熱気に逆らって進むのは、火災現場に飛込む消防団員の心境だ。

南地区の現況を報告

薄明かりの灯に浮かんだ我われの姿を見て、すぐに何人かが寄ってきた。ここでも他部署の情況をなんとか知りたいと思っている。

二月一日現在、一番食糧に恵まれているのは、ここ、南方諸島海軍航空隊本部壕だと知る。人員も多いが、三カ月間自給し持ちこたえられると噂されていた。さもありなん、ドラム缶五百本以上が土間に転がしてあり、燃料や水が満たされ、厳重な主計科管理の元に統制されている。

食糧も同じ統制下にあった。その主計科の隣合せに通信科が設置されている。

通信科では夜勤があるため、夜食を貰いに行く。時にはそれが個人の貯蔵品となる。また通信科は上下周囲の連絡中枢のため、その出入りや渉外的交流も多く、時にはその接待に与《あずか》る。主計科に次いでの境遇だろう。

急に騒がしくなった中に、一人の友人を見つけだした。山口一夫という同年兵だ。彼は人垣をわけて寄ってくるなり、いきなり肩を叩いた。そして固い握手を交わした。元気だったか、俺も大丈夫だ。逢えてよかった、嬉しいなあ。みんな変りないか、などと矢継ぎ早に言葉が出てくる。

いち段落して、人垣も少なくなってくる。「ここは一番いいところだぜ。第一、島の真ん中だし、島一番の大きい壕だ。食糧も豊富だし、兵隊もたくさんいる。鬼に金棒だよ。ここが終る時は島の終りだ。最後になるのはこの砦、その他には兵団司令部のある北地区くらいのものだろう」と山口は言った。北地区には、弾丸の来ない安全な所もあるかもしれない。丘陵地で起伏が多く、かつ岩石のような硬い地質で、天然壕と呼ぶ洞窟などもある。

休憩のあと通信科に向かった。

「君たちが来ることは、無線電話で連絡があった。待ち遠しかったぜ。途中、無事であるように、荒れた土地を迷わぬようにと祈っていたよ」

「そうか、どうもありがとう。ちょっと道を間違えたが、この通りみんな無事だし、元気だ。手をつないで歩いてきたんだ」。顔見知りの同年兵と、そんな言葉を交わした。

高野通信長は北送信所で統括しており、この南方空壕本部電信室では、松本良市掌通信長が主査していた。松本掌通信長は少尉で、立派な髭を撫でながら、ニコニコと応対してくれる親父風のひとだった。常日頃から怒ることを知らないにこやかな人で、持ち場を家庭的雰囲気にしてくれる。

軍刀をつけたまま腰掛けていた。

みんな一度にドカドカーっと雪崩《なだれ》こんだ。

本来なら怒鳴られるありさまだが、松本掌通信長は無頓着に、周囲の手空きの者も一緒に聞こうと呼び寄せる。

そっちにしよう、と隣接する少し広い土間へ促して車座に座った。

報告とは違って型破りの懇談会のようだ。俺たちは、次のような報告をした。

「玉名山から見渡す風景は、生物の存在を許さないほどの荒廃ぶりです。二段岩に敷設され、島内に情報を提供していた電探用レーダーも、爆撃を受けて廃材のように横たわっていました。牧草のように草むらが生い茂っていた第三飛行場も、土が掘り返され激しい凹凸をつくっています。おとりの機影の姿もありません。島中央にあった硫黄島神社は跡形もなく破壊された材料すらもありませんでした。

南地区は、陣地をはじめかなりの被害を被っており、病院も満員で、入院したい傷兵が即日帰隊か、通院加療になっています。それに加えて、食糧も不足し、一カ月もたせるのはとうてい無理だといわれています。木や草葉も底をつきました。しかしみんな一丸となって軍規の下、頑張っています。この官給品の下着は、海軍自慢の純白でしたが、今はこの通り、墨染めの下着です。死ぬ時こそは、一番良い晴着をと思っても、他に着替え一つ、肌着一枚、否、手拭一本ありません。

生きてるうちに地獄の苦しみに堪えていれば、あとは楽園が待っていると思っています。蚤も虱も、みんな血肉を分けた兄弟分で、島では本当の親族はこれっきりです」

黙って聞いていた松本掌通信長は、「これだけは、忘れず伝えてくれ」と言われた。

「南地区・玉名山送信所員は、他部隊に加勢する武器はない。送信機を扱い情報を送るのが任務である。いかなる変事に至っても、最後の一兵まで送信機を守り、機器と運命をともにする覚悟で頑張るよう。貴隊員の武運長久を祈っている」

留守の人達を思うと一刻も早く帰らなければならない。とはいえ、心では、ここに居てもいいよ、といってくれれば助かるのにと考えていた。やはりだめだった。敵の飛行機が来ないうちに早く帰ろう、と話している時、八丈島を出た索敵機からの電文を傍受した。

「マリアナ沖に向け集結中の船舶を発見す」

しかしこれは上層部の一部に報告されただけで、公表はされなかった。

通信科ではさまざまに囁かれた。

「また敵さん何かやろうとしているな」

「他に行くところがないから、硫黄島に来るのは決まっているようなもんだ。ただ、いつ頃来るのか」

「今月の晴れの日は二月十一日だ。紀元節だよ。この前後には来る。どこまでやるかが問題だ」

「小型船舶まで集めているとすると、上陸戦があるだろう」などと憶測が立つ。

別れ際には、お互いに元気で最後の御奉公をしましょう、と言葉を交わした。

なぜかこの時点の心境は、まるで万難を突破して試験に合格した瞬間と同じような、清々しい気分だった。思わずスキップしようか、口笛でも鳴らすか、といった浮いた心境だった。案の定、帰路は早く、往きの半分くらいの時間で到着した。

送信所の壕に入っていくと、眼が合うなり、発せられた第一声は、「マリアナ沖に船が集まっているというが、本部の対応はどうか、どう受取っているか」という問いかけだった。

師団司令部としては公表していない。そのために平常と変わりはない。ただ、通信科の話題としては、硫黄島に来るとみてまちがいない、沖縄に行くことがあっても一％の確率でしかない、ということだと報告した。半信半疑ながらどうにか納得したらしい。「本部では、硫黄島に来る公算大なり、という思惑である」と次第に伝播した。

これ以降、連日、サイパン沖、マリアナ海域に、船舶が集結中である旨の電文が入り、この分では二月中旬には上陸、戦闘になるだろうと予測された。そしてそれを確信させるに十分な、過去にも例のない、激しい空襲の波状攻撃が始まった。B24大型爆撃機による空襲をはじめ、突然の攻撃だ。

日本本土への攻撃開始を知る

紀元節に照準を合わせての行動かと踏んでいたが、まだこの頃になっても、戦艦や航空母艦の参加は確認されていなかった。

二月十一日。快晴だった。この日に上陸する公算が大きい、という情報が流れていた。先日は一泊攻撃をかけ、その手応えを感じたので、次回は実施の段階に入るだろう。いくら物量があるといっても、いつまでも長引かせるわけにもいくまい。

この送信所は立派なコンクリート製なのだが、補修も増築もできずに、ただ、機器の運転に専念している。大本営に武器、弾薬や増員をいくら要求しても一向にそれらしい反応が結果として出てこない。何ひとつ伝わってこない。なぜなのか。

内地から見放された証拠だ。それぞれが自分を守るのに精一杯で、他を援護する余裕も、力量の持ち合せもない軍隊になっているんだ。

望んだり、待ったりするだけ野暮さ。疲れが増し、腹が立ってくる。それよりも観念さ。腹の立つことも、恐れることもなくなる。生き仏の心境だ。一番気が楽だ。

マリアナ沖の機動部隊はまだ明瞭な行動を開始していない。が、航空攻撃はまた一段と激しくなった。

前方の群れが島を離れようとすると、すでに後続の一群は島に差しかかろうとしている。四六時中飛行機の眼下にいる恰好だ。一群四十機前後が入れ代りで登場する。まるで空中ショーである。空からのお土産品も多種で、ものすごい量だ。盲爆であり猛爆でもある。地上には人っ子ひとり見あたらないのに、滅茶苦茶に攻撃してくる。

日本軍のこれに対する迎撃はない。撃ってもとうてい届かない。

二月十一日のこの日、米軍が日本本土へ本格的な攻撃を開始した、との情報を得る。戦艦をはじめ巡洋艦、大型航空母艦は、その護衛艦、駆逐艦を同行して、航空爆撃、機銃掃射、艦砲射撃等の絨緞攻撃をあたかも訓練演習のごとくにわが物顔に振る舞った、とのことだった。

溺れる者の眼前に浮く一本の藁《わら》をへし折る情報だった。

サイパン沖に数百隻集結

全島の各部隊に戦傷病者がいる。すべての病院、医務機関はすでに溢れている。蟻《あり》が寄ってくると、次は彼の番かと死期を暗示させた。逝く者からは蚤《のみ》も別れてくる。それまで群がっていた彼らは音を立てていっせいに次の獲物に跳びかかる。

「胡瓜もみを、大根おろしを、味噌汁を、いや、水一杯を飲んで死にたい。なんとかして故郷へ帰りたい、帰れないものか」そんな声を聞いた。

壕内は血塗られていて歩きにくい。血潮に染まった生存者と、死体が添寝している現実の中にあっても、自分だけは生きるんだという執念が、片時も俺を捉えて離さない。

老廃物、排泄物、なまぐさい血潮など、あらゆる臭気が混ざって、地熱に醸し出される。

十二日になって、米機動部隊がサイパン島を出航した旨の情報を入電した。依然として進路は定かではない。大移動を展開しているようだ。サイパン島を離れ、アメリカ西海岸からやってくる艦船を待っているのか、とも思われた。まだ戦艦や大型航空母艦が参加していないからだ。

日本本土空襲、艦砲射撃中との米側無電を傍受した。

日本本土からの攻撃を牽制してから上陸する算段だとも思わせた。

「サイパン沖に集結した船舶数百隻」との無電が入った。

我が連合艦隊が、現在までまったくの無傷であっても、数百隻でしかない。なんという物量の差異だ。大人を相手に子供が素手で争っているようなもので、勝てる見込みはない。神も奇跡も信じられない。なんということをしたんだ。全滅疑いなしだ。来るべきものがついにきた。

二月十四日、「敵機動部隊約八百隻マリアナ沖を出航す、なお針路不明」との木更津航空隊発信の海軍索敵機からの無線を入電。続いて、サイパン島西方沖を敵艦船約二百隻北々西に進行中、と報せが入った。

「日本本土を砲爆撃した機動部隊は、本土を離れ南下中」とも入って来た。

いよいよ動き出した。途中で合流するとすれば、やはり中間点は硫黄島だ。硫黄島攻撃は間違いない。時間の問題となった。

万が一にも硫黄島以外の島に来るとは考えられないか。だめだ、それはない。もしあってもそれは硫黄島占領後だ。

硫黄島は他島に比べて不沈空母として活用範囲が広く、絶好な条件が揃っていたのである。飛行場として活用出来る広さがあり、すでに飛行場も有している。

そのうえ海岸線が一部を除いて穏やかであり、特に南海岸は水陸両用車、戦車、上陸用舟艇などの発着、機材その他の揚陸に適している。マリアナ方面から日本本土を攻撃する帰路に、零戦から衛《まも》るための護衛戦闘機の基地となり、あわせて爆撃機の不時着の場ともなる。要は戦略的重要条件を具備していたのだ。米軍が絶対欲しい島だ。

大量の爆撃で、壕の崩壊始まる

もはや、全島にただ一つとして完璧なままの壕や陣地はない。

蓄積された疲労と食料難と相まって、みな体力は著しく衰退している。それでもなお壕を掘り、陣地を構築してきた。

激増する大型機の襲撃の下、昼夜の別なく働いても万全はあり得ない。満足するなかれ、を合言葉に、最悪の環境の中で、地獄絵が展開されていた。それは、古《いにしえ》の鉱山に酷使される囚人に勝るとも劣らぬ生きざまと捉えていた。

どう転んでも、もう長くはない。いずれは野垂れ死にか。ならばいっそのこと、早く逝きたい。楽になりたい。今度の空襲には、壕から出てあの爆弾の的になって、ひとおもいに逝こうか、と思うそばから、たくさんの顔が覘《のぞ》き、一人一人が何か言っている。そんなのないよ、お前は兵隊なんだ、それで立派な軍人といえるか。そんな風になるように送ったんじゃないよ。

この俺という人間の器の中で、魂の葛藤が続く。ようやく結論に近づく頃に、本能が芽生える。死んでたまるか、生きて見せる。たとえ一人になっても、堪えることが義務だ。

二月十五日。

緊張した朝を迎えた。島のあちこちに我が軍の人影が目立つ。どこの地域や部隊でも、敵船団の行方に全神経をそばだてているのであろう。

B29の空襲を合図に、いっせいに地中人になり、モグラ生活に復帰する。地面に突き出た陣地や工作物は何ひとつないが、しかし落された爆弾の効果は大きく、いたるところに被害を与えた。

栄養失調症をはじめ、後送を必要とする傷兵も動かせない。昼夜を通して、空も海も、一切の便が封鎖された。腕がなくても、足がなくても、生ある以上は動く部位を駆使して戦闘に参加する。

防空壕に直撃弾を受けて死傷者が増し、掩蓋《えんがい》陣地が至近弾を受け、兵器の損傷が拡大している。死者への弔いも、荼毘《だび》に付されることもなく、生から死へ流れのままに放置されていく。

瀕死の男のそばをひとりの兵が通りかかった。知人だったのか、話しかけながら欠けた身体に触れ、男がこと切れてから合掌した。確かに聴こえた。「俺ももうすぐ後から行くから遠くへ行かずに待ってろよ。解ったな」。そして彼は去った。

空襲の合間にはっきりと敵の船舶が見えた。機動部隊だ。黒色の船団だ。望遠鏡などいらない。東南海上から、右方、北西に向け二列か三列縦隊でこちらに向かってきている。時計まわりに硫黄島を包む作戦にもとれる。あの距離では、本日の攻撃は空からだけだ。上に注意しながら、艦船の監視に神経を集めた。

明日は必ず敵が上陸してくる。俺は送信機室の通路を広く確保するよう整理した。迅速、安全、確実を肝に銘じて行動する。

上層部からの指示は時々変った。大本営や担当武官の異動に伴う施策の変更にほかならない。命令や注意事項等、上意下達がたびたび行われる。これらは即実行せねばならない。方針が変ってても働き蜂はそのたびに動かねばならない。水汲み、穴掘り、土砂運び、炊事番。笛を吹く者、踊る役は相変らずだ。

栄養失調症、過労に基因する体力の損耗は、日ごとに日本兵を変形させていた。

水際の守りはほどほどにして、内陸陣地を構築する。命令とあらば、即実行だ。乗り物や道具、資材などない。場所の選定から図面作成、資材の調達、掘り出された砂礫《されき》の処理など、山積する難問と戦いながら作業を進める。決戦の機運は刻々と熟しつつあった。複廓陣地を構築し、敵を撃滅すべし、と耳にタコのできるほど聞いていたのだった。

暗闇の海には、なおも黒い艦船の影が並んでいる。

こんな憎悪に満ち溢れた海は、見たことも想像したこともない。

敵米軍はこの日のために、あらゆる計画を検討し、訓練してきたのであろう。新兵器と弾丸を無尽蔵に運び込んで構えている。その数七百隻、一隻百人乗ったら七万人の兵力だ。半分にしても多すぎる単純計算だ。対する日本軍は、大和魂が約二万余、旧態然としているとしか見えない兵器が多く、頼みの中型戦車が数両、他は軽戦車で、重量級大型戦車は見たことがない。すべてに補充のきかない懐勘定である。

どう見ても月とスッポンの開きがある。それでも、撃滅しろ、死守せよとの命令だ。

硫黄島を将棋盤に置き代えた。少年時代に遊んだ皇軍将棋だ。あの布陣とそっくりだ。飛行機が味方にない。艦船が敵にある。そして数量の差。明らかに大駒落ち戦だ。どう並べても、勝ち目はない。

こちらは北地区に司令官とその側近を配し、いまだ一発も撃っていない陸軍部隊の陣地には、全島四分割のうち最多数を配している。南地区には海軍部隊の主力隊を配した。東地区には戦車隊を混えて、両地区と同等な陣地と兵員が待機している。

これらが暗闇の中に、島をとりまく艦船と対峙している。羽音ひとつも聞こえない。静かな夜が更けた。

上陸作戦の幕開け

二月十六日早朝。送信機は速度を増して打つ電鍵に呼応して、軽快な発信音をあたりに振りまいた。手動電鍵二型は松下無線製造だった。送信機は真空管式短波、中波、長波があり、主として川西真空管製だった。これらと密接に連動して、九七式長短波受信機がよく活躍した。

その朝、送信機の稼働前に、受信機のダイヤルに手がかかり、頭に乗ったレシーバーから、モールス符号が入ってくる。

手先から、文字として表わされてゆく。なになに、静かに。一枚が回った。「十六日未明航空母艦を含む敵機動部隊が日本本土に接近。関東、東海地域に艦載機を以って攻撃せり、我これを迎撃、各所で交戦中。戦果大なり」

ええっ、本土も一緒か。そんなはずないよ、それは牽制だ。この島にいる船は？　船はある。かすかに見える。艦船は、一望に納まらない大艦隊のままだ。雨を孕んだ雲が、その艦を覆っている。南側だけじゃない。西にも北にもおり、包囲されている。

「あそこからでも艦砲って届くのかい」「撃っても恐らくこの島には当らないさ」。やがて訪れた第一陣は、砲弾ではなくスコールだった。

腹一杯飲んで精気を戻すか、身を浄めて死出の旅路に出るか。もはや、己の死に水か。それぞれの決意を新たに、しばしの恵みに浸った。

馴れたもので、短時間の恩恵を最大限に活用した。一団の雲が過ぎた後には、目を見張るほどの多種多様な艦船がいつのまにか接近している。二重三重に包囲している。その外郭にも、なお見え隠れする船が認められる。視野に入る数百隻のこの機動部隊は、艦首を修正し、砲身を旋回して、入念に標的を見つめている。

ついで第二陣が殺到した。やはり上から来た。約四十機のB24大型爆撃機だ。小型艦載機群約百機も、夕空に舞う赤トンボの群れのように飛び回っている。グラマンに混って、双発双胴のP38の真っ黒い機体も、北ノ鼻岬をかすめて侵入し、南地区を背後から銃撃して海に出て行く。今日はやる気だな、と感じた。

艦船の包囲網はしだいに絞り込まれた。大型戦艦を南方沖合に据えて、ほどよい間を置いて島の周囲に六隻が構え、その間に巡洋艦五隻が控えている。駆逐艦十数隻を従えた第一包囲網が、不気味な威容を誇示している。

第一包囲網の欠け目に入るように、第二包囲群の艦船が、ついで第三包囲の船団等が千鳥型に居並び、その外周は北硫黄島と南硫黄島をも囲み、五重六重にも及ぶかもしれない。また五重目あたりには、支援艦隊群である輸送船、駆潜艇、上陸用小型高速船団などが群がっている。

午前七時、南方洋上の戦艦から、これが合図だと思わせる轟音を発して砲声が響いた。轟音に似合いの真っ黒い塊《かたま》りが、南地区に向けて飛んで来た。

硫黄島上陸作戦の幕開けだった。

船見台と玉名山を結ぶ中間地点に物凄い破裂音とともに砂塵を巻き上げた。と同時に、周囲の艦船の砲身がいっせいに火を噴いた。近距離の艦船は丸く高い山なりの弾道となり、遠くになるほど、低くライナー性になって飛んでくる。

あの砲は四十センチ口径だな。あの穴ぼこはトラック一台ではとうてい運び切れない土砂の量があったろう。それをいとも簡単に空中に吹き飛ばし、散布してしまう。後には穴ぼこだけが残る。小型火口だ。

土砂で空が薄暗くなってきたと思ったが、それだけではないらしい。この島にだけ黒雲の一団がやってきた。尾は北硫黄島までも続いている。雨だ。スコールが来た。

艦砲射撃はやんだ。短時間で止まった。が、雨もまた短時間でやみ、雲が切れてどこからともなく、また砲撃が始まった。草競馬の蹄《ひづめ》の音のような砲声が、わめいた。ついで艦載機が登場してきた。約百機に及ぶ小型機が縦横に撃ちまくる機銃掃射は、トタン屋根に夕立ちが踊る音だ。

この梅雨を連想させる艦砲射撃と、航空銃撃による絨緞攻撃が一日中繰り返された。

午後四時、日没には間があるのに、これらの攻撃を諦めたかのように、敵は鳴りを潜めて、船舶の移動を始めた。艦船が遥か遠くの海に去り、爆音が消えて、今日一日が終った。

二月十七日、摺鉢山砲台の反撃

中天にパカーンと静かな音が響いた。月も星もない天上に、急に弧を描いてやってきた。目を疑う明るさだ。照明弾だ。たった一発で南海岸がすっぽり浮き出て見える。これでは動けない。その後ずっと、島のどこかで照明弾が遊泳し、消滅することはなかった。

周囲の船が、東西南北にわけられ、分担して島を監視している風だ。

照明弾は照し続けている。やがて早暁の光に押し戻されていった。

二月十七日の夜が明けた。昨日とはうって変った晴天だ。浅葱《あさぎ》に雲の一片もない。超のつく快晴だ。周囲の海も稀に見る紺碧を湛《たた》えている。そこに居並ぶ黒船が、どれも次第に近寄ってくる。今日も第一陣の訪問者は南の空から来た。B24の編隊だ。またしてもお早いお着きだ。

速度を上げた群れは、一気に襲撃してきた。短時間、途切れ途切れに続いて終る。飛行機が南の空に帰っていく。

後を受け持つ艦船が、午前八時を期して砲撃を開始した。百隻を越す艦船からの一斉射撃がはじまった。一隻四門にしてもざっと四百門の大砲だ。どう見てもこの数を下ることはない。

これに抗する島からの反撃はまったくない。

わが物顔で撃ちまくる砲撃は、やはりただものではない。こちらは身動き一つできないばかりか、思い切り小さくなって、息を殺して、下達を待っているだけだ。

わずかな間隙を縫って、小型舟艇が十数隻東海岸の神山海岸に接近してきた。真黒い服装の人影が、棒切れのような物を持って、順次、海に飛び込んだ。

彼らは浮いたり沈んだりしながら、しだいに島に近寄ってきた。後から続く舟や人はいない。彼らだけが、乗って来た舟を待たせて行動している。たぶん検索隊か掃海隊だ。海岸線への上陸に際して障害物の探索に来たんだ。

島からなんの反応もないのを受けて、ついに上陸してきた。綺麗な砂浜が少しあり、小岩が見え隠れするあたりに来た。よく似ている所から、馬の背岩と呼ばれていた。全島で一番早い上陸点となった。

この一連の行動を監視していた東地区の海軍機銃砲台は、これに機銃掃射を浴びせ、撃退した。それを見て、探索行動に連動して掩護射撃をしていた敵の東方艦隊は、一斉に東地区の陣地を砲撃した。一箇陣地と一箇艦隊との交戦は、質・量において、その相手ではなかった。

この神山海岸から摺鉢山に至る海岸線には、他にも十数人ずつの敵の一群が点在して、この探索行動を継続していた。

双方の中間点のこの一連の動作を見詰めながら、ここが上陸地域だと確信し、この時を期して緊張の度が加速度的に増した。

上陸用舟艇は海岸線に寄せて止まった。潮来《いたこ》水郷に浮かぶ小舟によく似ている。三隻、続いて三隻、四隻と十余隻が来たが、その後続はない。先着の船から兵士が次々と海中に飛び込んだ。先着群は歩いて上陸した。

海岸を歩く者、内陸部を望む者など、海岸を自由に散策しだした。そして五、六メートル内陸部に小旗が立てられたが、どこからもこれに対する反応の気配はない。

各舟に一人ないし二人を残し、ほとんど上陸したかに見えた時、摺鉢山海軍砲台から反撃が始まった。

摺鉢山砲台は、水際撃滅作戦のために作られた陣地だ。その立地条件から多くの制約を強いられている。この海岸線の方向にしか砲撃できない陣地であり、まさにそこに上陸してきた米兵たちは標的として格好の獲物であった。

攻撃を浴びた者たちは、迅速に海に潜り舟に帰った。海岸寄りの舟は破壊されたが、少し離れると陣地からは死角になり、砲身の視野から消えてしまう。

わずかに残った者は、沖合の船のへりにしがみつき、辛うじて母船に帰った。

南方海上でこの始末を見ていた敵艦隊の主砲は、間髪を入れずいっせいに応戦した。残念ながら、海洋に向かってはまったく価値のないこの砲台は、やられるがままの情況に追い込まれた。物量が豊富な艦船は、もうこれくらいでいいでしょう、などという事はない。敵の砲弾は、陣地の基礎を掘り返し、その残骸が宙に舞うまで浴びせられた。硬い擂鉢山の岩盤が、砲弾の一発ごとに一枚、また一枚と、剥がされ崩れ落ちる。これに対して島からの掩護射撃はない。見殺しである。

やっと執拗な艦砲射撃がやんだ。ほっとしたのも束の間、南方海上には数百隻の上陸用舟艇団が、出番を待っている。艦砲に代わって艦載機が西海岸から侵入し、南地区に四機五機の縦隊で機銃攻撃を加えた。百機に余る集団だ。

包囲網を絞り込んだ敵艦船は、しだいにその勢力を増している。戦艦に加勢した巡洋艦、噴進砲艦、駆逐艦などが、狂気じみた砲弾を打ち込み始めた。

午前九時、北地区陣地にも被害が出始めた時、海軍部隊は昂奮していた。このままでは戦闘をしないうちに全滅だ。この期に及んで風前の灯を守るにはこれしかないと決断し、米巡洋艦を砲撃した。北地区海軍十五センチ砲台である。

積もり積もった怒りを込め、入魂の砲弾は、見事に命中弾を浴びせ、米重巡洋艦を炎上させた。待望の一矢を報いたという知らせが島内に流れた。しかしその見返りもすぐに届けられた。

重巡洋艦が戦列から抜けた穴ぼこにたちまち納まった戦艦は、左右の艦船と共闘して、我が方の陣地を釣瓶《つるべ》打ちに砲撃し、その機能を消滅させていった。

海から、そして空からの掩護の下、米兵たちは入念な水際探査を続けている。彼らは同じ棒切れのようなものを持っているだけで、武器といえる物は見えない。まだ冷たい温度であろう海水に浸って、行動をしている。

「あれは米軍じゃない、南洋島民だ。あるいは日系二世かもしれない」などと囁かれた。

摺鉢山南面の戦艦が、あるいは巡洋艦が、続々と近付いた。駆逐艦や砲艦が速度を増して接近し、砲撃を素早く出来るだけ多く浴びせて、引返している。果して上陸するのか、それとも陽動作戦か。

海の探査を終えたのか、二人三人と上陸し、海岸線の検索にとりかかった。

空と海と連携した掩護攻撃は、摺鉢山から南地区台地を経て玉名山に至る地域に、嵩にかかって鉄塊を打ち込んでいる。

我が西地区海軍部隊では、高角砲を水平にして発砲していた。

この状況下にあって、なお敵探索隊はその数を増してきた。駆逐艦、ロケット砲艦等の小艦艇に分乗した海兵隊は、五十人、百人と激増し、ついに百五十人もの人数が押し寄せた。小艦艇も摺鉢山陣地の視野に入るまでに接近してきた。一段と米軍砲爆撃の激流は南地区に集中された。これに呼応するかのごとく突如、日本軍陣地から反撃が開始された。

摺鉢山海軍砲台十四センチ平射砲、短十二センチ砲は、こぞって集中攻撃を開始。米軍とて全戦力を投入して、あらゆる火砲が寸断なく火を噴いた。午前十一時、かくして海と陸との未曾有の開戦となった。この地域の土砂は、その居どころもなく吹き飛び、破壊が繰り返され、見る見る原形を変えてゆく。摺鉢山、二段岩、玉名山等は、特にこの集中攻撃を受け、一発ごとにトラック一台分ほどの土砂が飛散した。

艦載機による航空攻撃に加えて、時折マリアナ諸島方面からB24あるいはB29爆撃機による焼夷弾攻撃があった。

午後五時を期し、日没を待たずに一切の交戦が停った。本日の交戦によりわが方の海軍陣地ではほとんどの将兵が重傷を負ったが、陸軍陣地では、将兵は壕内にあってほとんど無傷で、掩蓋下の武器の被害も軽微であった。

接近した米軍の小艦艇はことごとく被弾し、相当数の死傷者を出し、上陸拠点を構築することなく撃退された。

この時の敵焼夷弾は大型で、かつ爆発の際、高熱を発した。焼き尽す威力が元来の爆弾とは比べるべくもないほど強力だった。どこの陣地も、毛をむしられた白兎同然の状態になった。

米軍艦船は攻撃をやめた後、徐々に移動し、はるか沖合に停泊した模様だ。西地区東地区の小艦艇はほとんど移動しない。夜間の照明弾はこの船の任務か、日没頃より不気味な燭光を浴びせはじめた。

戦いやんで日が暮れて、夜の帳《とばり》がおりる頃から深い吐息が続く。静かに屋外に出た。ひとの焼け焦げた臭い、硝煙の生温い風が混って、横面を擦《こす》って行く。あたりには今にも破裂しそうな不発砲弾が、月光に浮き彫りになっている。

肌を打つ夜風が痛い。月落ちて人影もない。長い一日が終った。

二月十八日、敵は眼前に無数にいる

二月十八日。昨夕には見えない位置まで退避した船団が、明け方には周囲の配備につき、いつでも発砲できる態勢になっていた。

しかし今朝も、日本勢の味方なのか、足の速い雨雲が、次から次へと走り去っていく。中には貴重な給水をする雲も現われた。それでも攻撃を抑制する能力は持ち合わせない。敵は昨日と違った布陣となって突き進んできた。駆逐艦は戦艦と巡洋艦の間隙を縫うように行動していた。

海岸付近に腹を擦る距離までに接近した戦艦は、南方、数百メートルの範囲であろう。砲身が双眼鏡に似て静止した。すごく大きい穴がよく見える。午前八時、この双眼鏡が火を噴いた。左から、続いて右から噴き出した。南面の艦船が南地区の一帯に砲撃を開始した。

摺鉢山の頂上から中腹にかけて、赤茶けた岩肌が崩れ落ち、見る見る変容していく。火山を連想させる爆発。その瞬間に噴出する土塊は、逆ハの字型に八方に飛散する。その一発ごとに、陣地の天井が一枚ずつ剝がされて行く。そこにまた航空攻撃が重なる。味方になってくれるかと思った雲は、ついに砲爆撃の邪魔にはなり得なかった。

西地区の陣地群は、乱舞する艦載機に邀撃《ようげき》を開始した。撃たれっ放しで終っては水の泡だ。せめて一矢でもと願望の砲弾は、特に標的も定めなくともよい。高射砲だって弾丸は飛ぶ。水平に飛ぶ。居並ぶ船舶は屛風のようだ。どれかに当る、と砲身が焼きつかんばかりに撃ち続けた。

船上の様子も見える。騒がしく忙しく動き回る者。煙を出し、火を噴く船。退避するもの、傾くもの。その戦果は続々とあがる。

他部隊の隠蔽を助け、自らの部隊は敵の標的になる。海軍部隊の決断した戦闘だ。他部隊は一発も撃っていない。

摺鉢山まで一千メートル付近に寄せた軍艦をはじめとして、南方面に位置したあらゆる敵艦船群は、今日こそは決着をと迫る勢いで、間断なく撃ち込んできた。

今日の攻撃は断然違う。仮に五百隻がそれぞれ四門を五分に一発発砲しても一時間には二万四千発の大型砲弾が降ってくる勘定だ。それに加えて、二百機にのぼる航空攻撃が重なる。ぶち当る鉄塊は、日本人の脳裏にない新型弾薬である。ＶＴ信管を採用したもの、ナパーム弾と呼ばれるものなど、詳しくは後日わかったが、原子爆弾と同時に研究開発された代物が、新戦力としてその威力を発揮していたのである。現在の守備隊で、降りかかる火の粉を払えというのか。払えると思っているのか。敵は眼前に無数にいる。しかも錨《いかり》を下ろしているのもいる。

再々電報は打っている。督促もしていた。でもどうにもならない。本土自身が米機動部隊による攻撃を受け、迎撃する飛行機に事欠いている始末だ。まして外地へなど応援できる余力はなかった。今となっては、故国も戦場と化したと推察していた。

いくら破壊しても沈めても、洋上の船は、ますます増えるばかりだ。

空と海からの絨緞攻撃が、正午まで間断なく続けられ、徹底撲滅の気迫を感じた。死途への軌跡は、完全に直滑降に敷設されていた。敵の攻撃には、一時間の休憩時間がある。この間は、攻撃はない。が、こちらは外に出たり、それとわかる喫煙や発煙、音などを発することは一切できない。所在を知らせるような行為は危険極まりないからだ。午後一時に再開された砲撃は、やはりまだ南地区に圧倒的に集中した。

摺鉢山を含めて、南海岸を取巻く台地には、硫黄島海軍守備部隊の主力約七〇％の五千人以上がおり、死闘を展開していた。

陸軍部隊を地下壕に温存し、身を挺して孤軍奮闘した。

執拗な敵の攻撃が午後五時まで続いた。ただ、珍らしくも午後の航空攻撃はなかったことが何か今夜に不吉な予感を匂わせた。

まだひと働きできる明るさなのに、時間厳守か、今日の攻撃を終えようとしている。この壕は、天井の土が薄く心細い。もう一箇落ちたら終わっていた。心細い限りだ。補修するか。明日は決戦だ。弾丸が心細くなってきた。今夜は弾薬補充か。撃てばなくなる。使えば少なくなる。補充はない。応急補修をするか。

といっても、みな自分の手当てが先決だ。食事だ。負傷兵との交代、兵器の手当てなど、自給自足で補充はない。

夕暮れを待ち切れず、一か八かの冒険に賭けて戦友の肩に縋《すが》って病院壕に向かう者もいる。病院壕に行ってもおそらく満員だろう。上衣の上から巻きつけた布に、滲み出る鮮血が止めどもない。

今日の激烈な攻撃を、静かに省みる夜が訪れた。

攻撃時間といい、砲弾数といい、昨日の比ではなかった。

こちらには被害を数える余裕もない。しかし与えた被害も確実に昨日を上回った。

上陸した米兵が摺鉢山の山麓から、南海岸二根浜を経て、南揚陸場にまで立てた緑、赤、黄、碧《あお》色の小旗は、部隊ごとの上陸地点を示す目印に違いない。明日は上陸だ。

砲撃を終えた艦船は再び沖に移動して行ったが、なぜか駆逐艦の行動は東方面であった。接岸するかもしれないほどの沖を迂回したのを見た。玉名山海軍機銃陣地が発砲した。駆逐艦の前方艦橋下部に命中し、爆発音とともに火煙を発しながら敵艦は逃走した。これにともなってその他の艦船も沖へ遠のき、姿を消した。この太平洋上の視界に米艦船の姿がない。あの旗はなんだ。まさか、戦闘を諦めたのではあるまい。もしかして中止か。やはり擬工作か。戦士の交代か。さまざま取り沙汰された。が、結局は欺瞞作戦として受けとめた。

午後十時、海面を覗くと怪しげな影を認めた。

「船だ、いるぞ、確かに船だ。吃水線の波紋は何よりの証しだ。動いている。一つじゃない」

俺の眼は波紋の形から駆逐艦を推定した。

その時、北硫黄島のわずか左側、西方から硫黄島を目指して飛んできた一機があった。超低空飛行のそれはなんだろうと、見ているうちに島を飛び越えて、南南東海岸に抜けた。一斉に海上から砲火が竹藪のように林立した。機影が無数の探照灯に炙《あぶ》り出された。

敵艦が集結しているとはわかっていたが、こんなに集まっているとは思わなかった。

飛行機は、抱えてきた大きな爆弾を離した。と同時に真っ赤に燃えた炎を引いて降下した。この爆弾は敵軍艦の中央部に命中し、破裂した。軍艦のどの部分とも知れぬ多くの残骸が、空中に舞い上った。飛行機は他の船腹を掠《かす》め、火の玉となって太平洋に没した。友軍機の夜間攻撃隊だった。そのあとは何事もなかったような闇に戻った。

やがて獲物を見つけたトンビのような素速い光線が走った。続いてドカーンという発射音が轟《とどろ》いた。これを合図に夜間射撃が敢行された。南南東海岸だけを砲撃している。変だ。あそこから上陸する気か。

その時、過去にも稀な大音響があがり、あたり一面の水陸を煌煌《こうこう》とさらけ出した。俺の眼の前だ。驚くべき地響きだ。玉名山正面、南揚陸場の岩肌に隠された日本軍の魚雷庫に敵の砲弾が命中した。中型とはいえ、砲弾の直撃を受けてはたまらない。間髪入れず大爆発。戦車壕をはじめ、隣接する弾薬庫、陸軍部隊の速射砲等の二箇大隊以上が潰滅的打撃を受けてしまった。

この灯りの範囲内に、陸軍の病院壕があった。すでに満員の壕に新たに重傷者が殺到した。入る事も引返すこともできず、蛇行の列ができる。医務班員が列に逆らって、順次応急手当に献身している。

照明弾は容赦なくこの惨状を映し出していた。

第三章

米軍上陸

もの凄い数の敵艦が集結して島を包囲し、容赦のない攻撃を浴びせた。
二月十九日、米軍上陸のその時から島は想像を絶する地獄と化す。
攻防の前線から見た光景は、如何なるものであったのか——。

反撃はまだか

二月十九日。清々しい黎明である。朝日の穂先が一段と白く島影に突き刺さる。それは、島を取り巻く船影をもこれ見よがしに浮き彫りにしている。

凄い数だ。数百隻の各種艦船が、眼前にひしめいている。今は、島近くに駆逐艦を配した陣形だ。駆逐艦は相当な速力で船の間を行動している。その他は不気味なほど静まり返った夜明けだ。紺碧の潮水に泡を掻き立てているのはこの駆逐艦だけである。

六時三十分。神山海岸に駆逐艦から発砲があった。散発でしかなかった。沖の船が静かに動き出した。配備修正らしい。

双眼鏡のような二門の砲眼が、どれも島を見つめて止まっている。俺と睨めっこしているようだ。

六時四十分。俺が見据えていた南方沖の戦艦の主砲四十センチ砲が、左側から火を噴いた。追いかけるように、隣りの砲身からも飛び出した。まるで噴火だ。赤黄青の混った火炎が、中天に向かって伸びた。真っ黒いでっかい砲弾だ。これが合図だといわんばかりの音が響いた。どこまでも轟《とどろ》き渡る。さすが戦艦の主砲だ。何事をも打消して余りある威圧を見せつける。ス

ゲエと思ったとき波動が迫って来た。

だんだんその振幅は深く大きくなった。この身体が浮きそうだ。地球を離れそうだ。伏せろーっ、発射音と破裂音が一瞬重複した。

爆発によって生じた残響の尾も一段と長い。土砂は二十メートル以上も跳ね上がり、周囲に降ってくる。火山灰が降るようだ。周囲の状況が見えにくい。

包囲網の艦船から、激烈な一斉砲撃が襲ってきた。轟音が何事をも制圧した。上陸地域の壊滅作戦が始まったのだ。

この艦砲射撃に対して、日本軍の応戦はまったくない。ただ壕内で静かに待っている。

午前八時。包囲網からの砲撃が南地区より内陸部に延伸された。はるか沖合の船団の間に、屯《たむろ》する小型舟艇群が発進した。どれもが猛スピードで飛沫を上げながら昨日の旗の位置に向かって突進してくる。

海と空からの上陸支援攻撃を得て、さながら無敵上陸であった。数十隻の上陸用舟艇は、南海岸約一キロメートルにわたって何十、何百と押し上げられ、戦車、水陸両用装甲車等とともに、一千人、三千人と、兵士を続々と上陸させた。二重、三重の包囲網から、矢継ぎ早の砲撃が間断なく続けられる。敵兵は約五千人が六千人と急増して海岸線を埋め、なお止まることなく、海上は行く船戻る船でごった返していた。しかし日本軍守備隊の攻撃はない。当初計画された水際撃滅ではなく、上陸後の決戦に変更になったためである。

午前九時三十分すぎ。目測するところ約九千人が上陸し、大型、中型の戦車、装甲車が百五十両以上揚陸され、海岸線約一キロメートルにわたって橋頭堡が構築された。

見る見る一万人を超す勢いとなって押し寄せる。海岸線にはなお橋頭堡の構築が続けられる。上陸した兵たちの多くは、軟弱な砂浜に足を取られ、水田にでも嵌《は》まったように右往左往している。擂鉢山から、ここ玉名山に通じる海岸線にこの情景が展開されている。

急に上陸一辺倒に走り過ぎたためか、上陸はしたものの、隊伍が整わないでいる。その上、戦車、装甲車、ジープ等も、砂浜に難渋している。嵌まった戦車を、ジープや車で引揚げているが、なお容赦なく後続が到着する。米軍の群れで海岸線の白波に代って、黒く太い線ができた。それがだんだん広く内陸に拡がっていく。

身を屈《かが》めてこの様子に眼を据えていた。上陸した一派が、日本軍陣地を発見したようだ。米兵たちは慌てて砲弾破裂でできた穴ぼこに身を投げる。みな、近くのクレーターを見つけては飛び込んでいる。水に足を浸けたまま、這いつくばっているものもいる。頭かくして尻かくさずだ。橋頭堡を造るべく懸命だが、砂浜での構築は難しい。あわてふためく醜態をさらけ出している。

友軍の反撃は、まだか。それとも本当に撃つ能力を喪失したのか、案じられるようになった。海岸線、あそこまで届いてくれればよい。必ずしも爆発しなくてもいい、照尺（銃の照準具。狙いを定める装置）など要らない。どこへ撃っても、何かに当る絶好の機会なのに。

米兵は穴ぼこか戦車などの物陰を唯一の拠り所として、地面にへばりついている。

日本軍はただただ撃った

第三波が沖を発進した。すでに上陸した兵士や戦車は三キロメートルの海岸線に進んでいる。もはや一万人の上陸は確実に思えた。

この状況を、固唾を飲んで耐えていた日本軍は、ついに本格的な反撃を開始した。

この時まで陸軍部隊は、陣地を温存するために一発も撃っていない。敵の上陸準備の砲爆撃からずっと、地下牢の囚人でもあるまいに、陽の目も見ず地熱に耐えてきた。

日本軍のラッパが鳴り続けた。だれしもがすべてから解放された思いで、ただただ撃った。日一日と痩せこけていた体のどこにそんな力が残っていたのかと思うほど、日本兵たちは、当たるを幸い遮二無二《しゃにむに》撃ちまくっていた。この海岸線を囲む陸海軍守備隊が、初めて意気投合した一斉射撃だった。摺鉢山、二段岩、玉名山の三カ所のラッパが激しく吠えたてる。

敵艦砲の掩護攻撃は内陸に伸びてきているが、頼みの兵は、戦車や舟艇の残骸の陰に隠れ、あるいはわずかなくぼみに身を伏せている。身をくねらせ、その動きはしだいに弱くなり、ついに動かなくなる。

正午になった。友軍は突如、四十センチ噴進砲を発射させ始めた。戦車を盾に繰り出す米兵の群れに轟音を発して飛び込む。俺は、撃てーっ、がんばれーっ、と思わず声援を送る。新兵器と物量に乗じた米軍も、この予期し得ない反撃には抗し得ず、しだいに後退して海水に浸り始めた。負けるもんか、負けてたまるか、と俺はすこしほくそえんだ。

そんな時、西海岸より飛来して来た艦載機が、胴体着陸でもするかのように、いきなり超低空で攻撃してきた。摺鉢山に通ずるこの島の一番狭小な頸部を、一気に越えてきた百機を超す艦載機は、サーカスショーのような乱舞の飛行をしながら、焼夷弾や銃撃で上陸軍の掩護攻撃に没頭した。

機体を砂浜に擦りつける勢いで、飛行機が殺到する。前方の戦車群も、新鋭の援軍を得て戦線に挑んでくる。


海浜から直線的に内陸に侵攻する米軍は、午後を過ぎると太陽を背にしていた。

日本軍の攻撃は、これとすべてが逆である。台地から海岸線まで一キロメートルに満たない。噴進砲の射程距離五千ないし六千メートルは、襷《たすき》に長しであった。眼前の敵を撃つには具合が悪い。そのために斜め前方の海岸線を攻撃する形となる。右斜め前方と左斜め前方に分かれる。前面の相手には機関銃類で右側（西方）から攻撃する。

しかし次第に陽が落ちるにつれ、ダイヤモンドダストの輝きが、艦船の間を縫って乱舞し、射撃を妨害した。

焼夷弾を含む航空攻撃は、島を隅から隅まで掘り返すほどの、爆撃と機銃掃射を続けた。

敵味方双方のあらゆる兵器が無謀なまでの強烈な酷使に堪えて一日中火を噴き、弾丸を吐き出している。

玉名山は、摺鉢山につぐ高さで山の外周は短い。西の摺鉢、東の玉名と、当初より敵の攻撃目標となっていた。

擂鉢山は三方が海に面している。一方、玉名山は周囲が陸の平坦な台地で、山麓は岩盤上にあった。従って、こちらは山の周囲から、山の中央や最深部に向かう、上下二本の道のある複廓縦深壕が築城されていた。まだ完成には遠いが、連絡可能な壕もあった。擂鉢山に次ぐ要塞化した山だった。

その山を含めた周囲を我われは、玉名山地区と呼んだ。

その山を基点に数十メートル内陸部に、先に海軍第二十七航空戦隊司令部が設置された。現在では、南方空海軍玉名山送信所となっている。南地区隊の通信情報の中枢として、発信、中継、伝達を行っていた。

欺瞞風評や、まことしやかな諜報宣伝の類など、信憑性の低いものが出始めた。

司令部跡からは、戦況がよく見える

米軍の強力な妨害電波のために、島内無線連絡がほとんど麻痺状態に陥った。

島内四分の三の地域では、眼前の彼我の戦況を知らない。特に北地区では、艦砲攻撃も、その弾丸は頭上を飛び越えている。航空攻撃も南地区に集中するあまり、北には飛んでこない。

「南の方では音が凄いなあ。派手に撃ち合ってるようだ。敵さん、本当に上陸したのか、信じられない」などと暢気《のんき》なことを言っている者もいたとのこと。

これは内陸部より情報収集に来た者の話である。


情報収集の任で玉名山送信所に来た者を、俺たちは送信所の出口に誘った。これに続く掘割から一望する戦況は、双眼鏡もいらない。眼前約三キロメートル先に展開している情景は、これを見せると震え出す者もいる。まともに見られない者もいる。わかったら見たことを報告しろ、わからぬ者はわかるまで見つめるんだ。

入れ替わり眺望した伝令員は、別人のように変って、あたふたと引き返していった。

彼らは陸海軍後方部隊に、目撃した情況を情報として流布する役目であった。

彼らが無事帰隊できない部隊には情報が遅れた。


さすが司令部跡だけあって、運動会の球入れ競技を二階から見ているように、戦況がよく見える。

制空制海権を手中にした米軍は、その利を活用し、新兵器、新手の海兵隊を矢継ぎ早に押し込んだ。帰り船に負傷兵の乗るのもあるが、だいたいは救助を二の次として海岸に放置したままで、兵の送り込みを最優先している。

艦砲の精細な弾着と呼応する航空攻撃は、想像を絶するほど多岐にわたる攻撃であった。焼夷弾の強力な火力。田舎道を自動車が走るように粉塵を巻き上げ、視界もなくなるほど銃弾が来る。

地下壕や防空壕に入ったきりなら安全そうだが、敵を倒すことはできない。闘う以上は、無傷はない。肉を切らして骨を断つしかない。地上に出なければだめだ。

直前の標的に身を据えてこそ為し得る業だ。

我れに敵する相手は、百八十度の上下に跨《また》がり、こちらを直視している。

多勢に無勢、掩護も補充もない。

何を比べてみても月とすっぽんだ。それに勝つということは、偶然と奇跡を神業《かみわざ》で結んだ掩護が必要だ。

重火器の弾丸は、コーナーを狙う卓球の球みたいに斜めに飛び交っている。

沖から支援砲撃をする艦船は、なお沖合の艦船群と交代し、新たな陣容で攻撃を続けている。

敵は全員一丸で戦線に臨んでいる。

ついにこのあらゆる差が、徐々に結果を呼び込んでくる。

爆破され、破裂するごとに舞い上る土砂に混って、さまざまな塊が多くなった。

敵弾が命中しだしたのか、木片や兵器の残骸、それと判別できる人の部位が、いとも軽々しく、吹き上げられ、あたりに撒き散らされる。

こちらの機関銃の連続音が、心なしか途切れがちになる。息を継ぐような、あるいは歪調《ひずみ》の音が増えてきた。このような状態になると音のした陣地はすぐわかる。その釣銭は高くつく。代償に落とされる鉄塊は、その何倍にもなった。

撃てえーっ、撃てえーっと、軍刀を抜いて怒鳴ってみても、所詮、手も足もない人がどうあがいても、弾丸は飛び出してくれない。

夕陽に反射されて輝く軍刀の抜き身は、陣地の所在を相手に教える反逆行為でしかない。その付近からは、遠からず断末魔の雄叫《おたけ》びが天にも上り、地にも広がる。この世の最後の一言を、申し合わせてなどいないが、「おっかさん」と聞こえる声が多かった。そしてそれがしだいに、波紋のようにまわりに広がっていく。あっちでもこっちでも、その情況が重なってゆく。

あらゆる兵器が、無謀なまでの強烈な酷使に堪えて、火を噴きながら弾丸を吐き出している様は、なにものをも恐れず、すべての有形無形の物を「空」にしてしまう覇気を孕んだ、鬼神の化身としか思えない。

玉名山送信所には、島内最大出力の送信機が設備されていたため、早くから発信電波を傍受された模様であった。それは砲爆撃の頻度、激化現象を見てもわかる。この発信電波を目標として攻撃してきた証である。送信所の標的を外れた砲弾が散在する外廓陣地を脅かし、直撃弾をはじめ至近弾を見舞い、多くの犠牲者が出ていた。

あんなに元気に先刻まで撃っていた兵士が、わずかの間に、一声出したか出さぬ間に、事切れる。あるいは影も形もなくなる。

米軍は上陸時に、旗を立てて目的地を指示したとはいえ、環境の把握に泥縄のやむなきがあったが、しだいに隊伍を整え、指揮者の元に次第に集い、あるいは分散型の陣形へと変わってきた。その結果として、攻撃の命中率が上がってきたように思えた。夕闇が迫る頃、ようやく戦闘は終わった。

撃たなければ、応戦はない。撃つと、撃たれる。

夜明けの陸揚げ

沖からは夜行の便が、白い波紋を描きながら接岸に懸命である。船足の遅いのは重量物の運搬か。航跡が描かれては消える夜景が続く。

海岸では、ヘッドライトやカンテラの灯が右往左往している。

死傷者の後送、橋頭堡・塹壕等の構築、武器弾薬揚陸、人員の補充・編成等で大混雑である。

また、夜間攻撃を警戒しての陣地の補強、照明弾の打上げなど、米軍は夜を徹して行っていた。

日本軍の斬り込み攻撃は実施されない。いや、傘をさす照明弾が、南地区を中心に間断なく外界を明るみに晒け出していたため、実施しようにも、できなかったろう。

海岸線一帯に、続々陸揚げされた物が並べられ、積み上げられていく。四角なみかん箱のようなものが、みるみる野積みにされ、シートをかけられ増えていく。蛍のように見える灯りが、乱舞するように跳んでいる。千鳥飛行場に進攻した敵戦車が、かなり内陸に侵入したように見えた。

彼我の境界が判然としないなか、互いに不安な一夜を過ごした。

十九日に上陸した米軍は将兵三万人以上。戦車大型中型あわせて約二百両、大砲火器など二百門以上を揚陸した。ブルドーザーが動いている。ブルドーザーは揚陸資材の運搬だけでなく、米軍爆撃でできたクレーターの整地、車道の整備にもあてられた。

海岸の一隅に集められた二千人以上の兵が島に這い上り、上陸を果たした。そのうち四〇％は寒い一夜を海岸で明かしたようだ。三キロの海岸線に三万人もの人が押し寄せたのでは、あちこちに人の塊《かたまり》ができる。それらを的に撃ち込んだわが方の砲弾もかなりの死傷者を出した。その結果、双方の被害が均衡した時間帯もあった。

しかし、一万人が一発撃っても一万発になる。十発撃ったら、と思うと、いったいどれくらいの数が撃たれたのか。その他、空からも海からもと数えると際限がない。

今日は島の南が集中攻撃を浴びたが、明日はこのあたり、玉名山が標的になるだろう。「ここから敵兵のいる南揚陸場までどれくらいか」「二百メートルくらいかな」「小銃でも届きそうだ。鉄砲が欲しい」「駄目だよ、どこで見ているかわからない。お釣りの方が高くつくから、そんなことを考えるな。明日は出番が来るさ。そのうち、主のいない兵器ができるはずだ」

影とそんな会話を交わした。

次の飛行機で帰るという飛行兵

上陸準備の砲撃が始まる直前のある日、千鳥飛行場の西角にあったわが方の弾薬庫が直撃弾により誘爆した。隣接した地下壕で死を免れた一群が、送信所に退避してきた。彼らは予備学生を含んだ飛行兵と整備兵だ。その装束は飛行兵と整備兵では歴然と異なっており、その処遇の違いを示していた。

飛行兵たちはいつでも搭乗できるような身仕度をしている。飛行服に身を包み、襟首には純白の生地を半ばはだけたように巻いている。生地は落下傘の羽二重だった。半長靴の俗称、飛行靴を履いている。軍刀の柄を、そして鞘までも白羽二重で巻き、拳銃を各員が腰に吊るしていた。

飛行機に乗ったら隣合わせに死神がいる。それに対する計らいなのだろう。今となっては誰の隣にも死神がいて、その差など何もないのに。

俺には彼らの姿が羨ましく映った。

「今度、この島へ飛行機が来たら、俺が帰る番だ。戦闘機でもかまわない。敵船との交戦はしない。俺は操縦して帰るんだ」とひとりが言った。

「島へ来るにも、また出るにもあれだけの艦船を飛び越えねばならないんだぞ?」と尋ねると「それは大丈夫だ。離陸したら素早く高度を上げる。もし被弾しても、グライダーとして父島沖くらいまでは行けるはずだ」という。帰るあてがあっていいね、そういう望みはこっちにはない。この飛行兵の身仕度は戦闘態勢ではなく、帰り仕度だったのか。

彼らは千鳥飛行場から三キロメートルほど歩いてきたらしい。途中には陣地が無数にあり、地下壕もまた無数に散在している。いくつかの壕をのぞき、入れてくれるように頼んだが、駄目だったという。

「昼夜を通して作ったみんなの墓所だ。最後はみんな揃って自決の場と決めてある。悪いけどほかを探してくれ」「俺たちが掘ったのだ。出来あがったところへ入り込むなんて、虫が良すぎると思わんかい」などと言われて断られたそうだ。確かに十人以上も一度に来られてはたいへんだ。仲間同士を分散することなく、結局、送信所が受け入れた。話しているうちに俺と同年兵の男がいた。清水徳次郎という埼玉県出身の整備兵だった。利根川を挟んで三里ぐらいのところが彼の故郷だったので、久し振りに故郷の思い出話ができた。

　清水は、飛行場から南海岸の台地よりに壕をつなぎ渡りここまで来たが、途中でピアノ線に足が触れた瞬間、地雷が爆発した。その時負傷したという。

「不意の出来事で、その時、俺は殺《や》られたと思った。吹き飛ばされてどれくらいたったか、しばらくして体中が痛く感じ出し、両手が動き出した。体中を撫で回した。あるある、みんなある。大丈夫だ、俺は生きている、と自覚したが歩けない。脚も撫で回すと、親指を、しかも左右とも負傷していることに気づいた。四つん這いになって壕に入り、この布を巻いてきた」と話してくれた。

「それは大変な目にあったな、ご苦労さまだった。大丈夫だ、頑張れよ」と言ったが、彼は悲壮な艶のない顔で、ジーッと俺を覗き込んでいた。

　俺は送信所の救急箱には何もないことを知っていたが、それでも探して開けてみた。やはり薬品らしきものはない。

俺は夜陰にまぎれて抜け出し、玉名山送信所の前方にある武蔵野病院壕に行った。むせ返りそうな異臭が立ち込めていた。患者も溢れ出て、ところかまわず寝そべっていた。踏まぬように静かに奥に行き、衛生兵らしき人に事情を話して無心した。ここで使うだけでも不足しているのに他にはやれんよ、と切ない返事だったが、根気よく、ここへ来られないほど重傷なんだよ、繃帯とそれに薬を与えて欲しいと頼んだ。近くに居合せた、聞いても聞こえぬ素振りでいた軍医が、それとなく側にあった手箱を開けて渡してくれた。六列の繃帯一巻とリバノールガーゼ、小瓶に少々入っていた赤チンを出してくれたのだ。俺はお礼を言って、走り戻ってきた。早速応急の域ではあるが素人の手当をした。

敵の地雷の爆薬は人を殺すためのものではないのか、負傷させることが目的なのか。清水は軍靴を履いていたのに、足の先だけを負傷して、幸い他の外傷はなかった。誠に奇妙な爆薬である。

先日見た兵隊さんは、男根の中途から切断され、立ちつくしていた。彼も他の外傷はまったくない。妙な負傷だった。負傷者の状況が続々と脳裏を掠める。

十九日の夜、清水、影と同年兵同士で話した。今日の戦闘を見るまでもなく、二度と内地の士は踏めない。

「俺が先に逝くから、後は頼むよ」「頼むといわれても、帰れないよ。俺が先に逝くよ」「そしたら貴様、頼まれるか」「駄目だな。けれどお互いに万が一にも、故郷に通じる手段があったら連絡しよう」などといいながら、三人は互いの掌を合わせて、握り締めた。

飛行兵たちの一群が送信所に来たのは、単なる偶然というわけでもなかった。あわよくば友軍機飛来の情報を入手したかったからだ。そのためにはここにいるのが好都合である。もっとも送信所が秘密基地であることに変わりはなく、絶えず無線機は稼働し続けている。その無線電波を頼りに攻撃される危険と背中合わせの拠点であることもよく認識していた。

彼らは送信所の奥の間に居どころを据えた。数人の予備学生のなかから、ひとりの長を選び、行動していた。整備兵が食事の仕度をした。

すべてに我われ通信科より貯えがあるように思えた。

通信科には糧秣が少ない代わりに任務があった。俺はその任務があることを幸せに思っていた。「明日はまた忙しいぞ」。俺たちはわかりきっていることを時々口にした。

今日、敵は撘鉢山の麓まで侵攻した。千鳥飛行場を内陸へと向かう部隊は一番侵攻してきている。その部隊は協同して摺鉢山に攻め入るだろう。わが方の南地区は、それを境に、一束となって玉名山方面に集結する。明日か明後日は、玉名山は戦場の真っただなかになる。

するとあと二、三日の寿命か。平坦地にあるこの陣地は大丈夫だろうか。まあ攻撃手段のない通信科にとっては、頑張って貰うしかない。人事を尽くして天命を待つのみだ。

照明弾に混って、どちらからともなく散発的に発射される音を小耳に挟んでいたが、ちょっと様子が変だ。何かあったぞ、と直感した。外に出てみた。

千鳥飛行場に一番近い海岸で爆発が起きている。機関銃弾の音も混じって、仕掛花火に似た灯りを周囲に振り撒いている。

あたりにシートをかけられ、四角に野積みされたものがたくさんある。あれは米軍の弾薬庫だ。ここまでは来ないだろうが、よく跳ねる。大損害を与えたようだ。でも、要は人的被害はどうだったかだ。

弾薬庫の近くに敵の兵舎はない。

パチパチ跳ねる音を聞きながら、オレンジ色に濃く燃え滾《たぎ》る海辺に向かって横になった。照明弾が途切れることなく、島内を明るく照らしていた。

二月二十日、頭から焼夷弾を浴びる

二月二十日。起き上って外に出た。今にも雨を降らしそうな黒い雲が足早に動いている。千切れ雲が追いつけずますます遅れている。いったいあの雲はどっちの味方をする気か。内地では赤城颪《おろし》の最中だなあ、などと思った。まだ夜は明けない。海辺は何ごともなかったように静かで、火の気はない。すると、パターンという音とともに照明弾がひとつ上がった。中天に開き、一気に東から西に走る。

高度を保って、西海岸から島を抜けていった。ブルブルッと、冷気で少し身体が震えた。中に入って、もう少しと横になった。

どれくらい経ったか、ウトウトしたようだ。あたりの雑音で目醒めた。飛行機が来た。今日も航空攻撃から開始だ。主に摺鉢山を攻撃して、帰り道に南海岸を攻撃しながら玉名山に来る。そこで全弾を落として船に戻る。それを繰り返している。

夜明けの海岸線は、昨日までのそれとまったく異なる形になっていた。全線に橋頭堡が築城され赤い旗のエリアには四角い箱が山積みされ、その周囲には戦車がたむろしていた。

あの強い光は焼夷弾だ。さまざまに機能を持っている。光と熱と火力、爆発力を備えているというから恐い。いまそれを頭から受けているところだ。凄い。直撃だ。今ここ玉名山は的になっている。なんの反応もしてはならない。光や煙、煙草くらいのものでも敵から見える距離だ。絶対安静の態だ。

どれくらい時間が過ぎたか爆音が下火になった。

敵機は遠ざかり、トンビのように小さく、摺鉢山から玉名山にかけて旋回している。

つぎは艦砲射撃だ。あの飛行機は着弾位置を連絡しているのだ。飛行機に見つかる方が打撃である。艦載機は依然として旋回し続け、艦砲は夢中で砲撃を続けている。これに呼応して陸上戦闘も激化していった。摺鉢山、千鳥飛行場、南地区隊、どこの戦場を捉えても痛烈悲惨な戦闘が展開されている。

米兵たちは艦砲が攻撃している少し手前を、戦車を先頭に火炎放射を浴びせながら、沢蟹のように、こっちにもあそこにも、といった感じに横にへばりついて進んでくる。

摺鉢山陣地に向かう敵攻撃隊は、わずかな窪みや、岩陰に身を潜《ひそ》めながらよじ登り、銃眼の左右の死角から手榴弾を投げ入れた。陣地からは機関銃の応戦があり、三人の米兵が落下した。しかし、なお手榴弾が矢継ぎ早に銃眼に投げ込まれたため、やがて機関銃は鳴りを潜め、ついにまったく反応がなくなる。

しばらくして日本兵とおぼしき人影が中から這い上がってきた。銃眼から身体を乗り出した瞬間、機関銃弾が丸腰の彼らを撃ち倒した。一人は外に、一人は中に転げた。その後、ひとり、またひとりと米兵が銃眼口から侵入した。以後この摺鉢山東山麓の銃眼からは人影の出入りはなく、細く長い煙が続いた。

冷たい小雨が降っていた。今にもあがりそうでもあり、強く降りそうでもある雨足だ。

十時間に及ぶ戦闘で、米軍さらに上陸・侵攻

水際に陣地を築いた米軍は、徹夜で揚陸した戦車や装甲自動車を前面に押し立て、艦砲支援攻撃の下、徐々に内陸に向け侵攻を始めた。その長い帯は、摺鉢山から南揚陸場までの海岸線約三キロメートルの全幅を覆うまでにはまだいたっていない。

彼我の距離一キロメートル足らずの地に、双方、合わせて五万を超す人間の殺戮戦が繰り広げられた。十時間に及ぶ膠着戦であった。

一分経過するごとに三人が死に、一メートル進むたびに一人が死ぬ。

米軍海兵隊は、重火器等の執拗な補充、艦砲支援攻撃、航空機の掩護《えんご》射撃、それらの緻密な連携攻撃が相まって、しだいに侵攻してきた。

ついに米軍は摺鉢山頸部の最狭小地域、幅約八百メートルを西海岸まで勢力下に置いたことで、摺鉢山は孤立した。南海岸（翁浜、二根浜）から上陸した米軍の一群は、千鳥飛行場に向けての緩傾斜地を、戦車を先頭に火炎放射隊を随伴して、膠着戦の打開に懸命だった。しかし飛行場背後台地からの日本軍による予期せぬ猛反撃に遭って、犠牲を強いられていた。やがて日没時間が迫ってくる。千鳥飛行場に向けて約二百メートルほど侵攻した米軍は、夜営の準備

に入った。

平坦な砂浜から揚陸した戦車をはじめ、動力兵器と海兵隊はこの地域にびっしり敷設されていた地雷原に嵌まった。そのために釘付けにされ、四苦八苦の難渋を強要された。この状況を見たわが方の台地陣地は、一斉射撃を浴びせた。

対する米軍は、素早く航空攻撃の増援を送ってきた。焼夷弾、機銃掃射等で陣地を攻撃し、筆舌に尽くし難い殺戮戦となった。互いに身を隠すもののない平坦な海浜での激戦である。聞こえて欲しくない絶叫が激しい爆発音の間に飛び込んでくる。

あそこの陣地は撃っているぞ、頑張れ、頼むよ、と拝む心で見つめていると、しだいに飛び出す音が、切れ目勝ちに乱調になってくる。もう駄目か、しっかり、と悲痛な思いに変わってくる。間を置いて弾丸音が聞こえた時は、よくやった、と素直に一喜一憂する。

あそこの陣地は久しく音が聞こえない、と思うと不安が募るばかりだ。

やがて案山子《かかし》の如く、すっくと仁王立ちする人影をいくつも見た。「おっかさーん……」と声を発した直後には、もうその姿はなかった。

彼は負傷していたのだろうか。あるいは弾丸がなくなってしまったのだろうか、などと脳裏を横切った。ご苦労さまでした、よく立派に耐えて頑張ってくれた、と感謝の念がこみあげて、眼が潤むのを禁じ得なかった。

航空攻撃による地雷原の虱潰《しらみつぶ》し作戦を敢行した米軍は、膠着状態の打開をはかり、徐々に前進してきた。まだあんなにあるのか、とびっくりするような大型中型の戦車、機動部隊の勢揃いである。

こっちにだって戦車ぐらいあるはずなのに。それともまだ出番ではないのか。千鳥飛行場や南揚陸場に掩蔽《えんぺい》していた物は、直撃弾によって、その真価を示すことなく喪失してしまった。大事にしすぎると、みんな宝の持ち腐れになりかねないのに……。

わが方の戦車が敵の大型戦車を倒す

こんな思いが通じたのか、異なった音が聞こえる。すぐ近くだ。右側だ。破裂音じゃない、確かに発射音だ。

発射音はだんだんと右前方に移動した。戦車だ、日本の戦車だ。このタンクは小さいなあ、中型と小型だ。でも八センチの砲を積んでいるんだ。

玉名山台地からは、千鳥飛行場を内陸に侵攻する米戦車隊に対し側面攻撃している。やっと気づいた米軍は、これに応戦。敵は大型、中型タンクだ。でっかいな。だが対等に撃ち合っている。数も同じぐらいだ。日本軍戦車は送信所に隣接した海岸道路を千鳥型一列に飛行場に向け前進している。米軍の大型戦車群は千鳥飛行場東端まで進出してきた。やがて互いに止まって撃ち合った。ガップリ四つに組んだ戦車戦だ。

敵の戦車が前方に跳ね上る様子を見ていると、まるで自分で撃っているようだ。よし今度はあの戦車を狙い撃ちだ。命中した。あのでっかいのが横になって動かない。よし次はこっちだ。いいぞ撃てーっ。なぜ撃たん？　弾丸が出ない。やられたのか。

日本軍戦車隊は飛行場に群がる前面の敵と南海岸地区に群がる側面の敵との両面対抗を強いられ、一進一退が続いた。

戦車を狙った弾がはずれるのか、当送信所への直撃弾ががぜん増えてきた。

四つに組んだまま日没を迎えた。お互いの戦車群は若干後退した。米軍の南地区における本日の前進は微々たるものであった。

決死の挺身斬り込み攻撃

夜になっていくぶん発射音が減ったように思えた。この機を待っていたかのように南地区砲兵隊の噴進砲弾が米軍集積所を目がけて飛んでいった。これを合図にか、迫撃砲、野砲等の砲撃戦がはじまった。この攻撃と呼応して、すでに守備陣地を喪失した日本軍の残存将兵が、米軍陣地に挺身斬り込み攻撃を敢行した。

　噴進砲の支援攻撃に乗じて、昼間確認した陣地に匍匐《ほふく》前進して近づき、いっせいに手榴弾を投げ入れた。斬り込み肉迫攻撃員の決死行は、凄惨極まりない。

　夜陰を背景に、オレンジ色の爆発光源が逆円錐形に鋭く拡がり、種々雑多な破片が舞い上がる。それとわかる人体の一部も舞っている。この陣地もあっちの陣地も成功したと思えた。しかしその後の兵士の消息は定かではない。

　ブルドーザーを駆使して築城した敵陣地は小高く土砂で盛られた円形で、中央の凹みがかなり広くできている。外周の一部に通用路が設けられている。頂上部は、中から少し登ってから機関銃を撃つようになっている。

　この機関銃は二連装と三連装だった。また小山の外周の腹部と下部に鉄条網が張り巡らされ、その外周に綱がめぐらせてあった。その綱を支える柱と柱の中間には、煙草や缶詰の空缶が複数個吊り下げられ鳴子《なるこ》（綱に触れると缶が鳴る仕掛け）となっていた。そしてその付近には、さまざまな地雷が敷設してあった。

　地雷は直径四十センチくらいのお茶道具用のお盆のようだ。赤茶色の中央に信管がヘソのように見えた。あるいは丸棒で、太さ直径十センチ強で長さ一メートル余の、俗称、棒地雷というもので、これには二、三メートルのピアノ線を地上二十センチ前後に浮かせて張り、ピアノ線のどこかに棒地雷の信管が接続されている。この真黒いピアノ線に衝撃を与えると爆発する。

今日は千鳥飛行場付近まで侵攻されたと思っていたし、南地区は海崖堡（海岸線につくる防護陣地）にされつつあるとみていた。俺は飛行場付近の夜戦に乗じて外に出た。

途中まで行った時、異変を知った。すでに米軍は飛行場東側付近まで来ている、それは明らかに斥候《せっこう》だと悟った。大きな足跡が砂の上に残っていた。先の丸いその型と大きさは、これまでに見たことのないものだった。

いたるところで夜戦が展開されているが、それは斬り込み隊の活躍でしかない。わが方の陣地からの攻撃はない。しかし米軍は、千鳥飛行場に隣接する東側地域でも、砲弾戦から機関銃戦へと拡大し、ついに艦載機も参加した。

曳光弾の軌跡が、滝のように弧を描いて飛び交っている。

隅田川の花火大会でもあるまいに、そばにいる俺たちから敵兵が丸見えだ。あれは？と指をさす。あれは人だ。生きている人だ。あの鉄兜は日本人じゃない。思うだけで声にはならない。息を殺していた。

鉄兜の男は、俺の存在を知ってか知らずか去っていった。俺はなおしばらく伏せていたが、眼は静かに去っていく男を追った。

彼らは作業をしていた。鳴子用の綱を張り、空缶を大ざっぱに吊り下げていった。地上五十センチくらいの高さに延々と伸びていた。彼らの気配が消えたので、少し追った。敵は俺たちに気づいた。足を止め、しばらくこちらを見て構えた。こちらの丸腰を見たのであろう。作業を続けながら消えた。

彼らがいたところに行ってみると、柱にした棒が立ち、紐が吊り下がっていた。紐の方向に視線を流して驚いた。なんだこれは。こんなところにあるはずがないと思われる円墳のような円い山ができている。

頂上が平らで、外周は綺麗な二等辺三角形だ。人工の陣地だ。頂上に連装の機関銃が設置され、銃口はこちらを向いている。静かに退いた。

台地の日本軍の壕の前に出た。このあたりの台地の急斜面には、無数ともいえる壕があった。その前に来ても、一見それとはわからない。

土丹岩や瓦礫《がれき》を組み合わせて、器用に入口を密閉してある。直撃弾には耐えられまいが、あるいは機関銃なら防護できるかもしれないと思えるほど、なかには頑丈なものもある。

少し先に行った。壕が開放されているのに気づいた。ここは地熱ヶ原だ。だいぶ遠くまで来てしまった。曳光弾を挟んだ銃弾が依然として飛び交っている。

左右に対する交戦ばかりでなく、前方の敵とも交戦する位置に来てしまった。日本の陣地は少しも高くなっていない。むしろ平坦な土地を丸くくぼめただけの無蓋の青空陣地だから、撃ち出すまでわからない。

発射している。応戦する。複数の陣地が撃ち合う。陣地の交戦は、双方の標的が動かない。静止したままの撃ち合いだ。

曳光弾の量で命中弾が決まる。命中弾が多いか、破壊力が大きいか。効率の良い方が勝ちだ。数撃ちゃ当るも方便で、やたらに撃ちまくる弾丸も見捨てたものではない。けれど目的をもたない弾丸は、危険極まりない。ここに飛んでくる、ピュンピューンと唸りを上げて飛び越えて行くもの、ブスッスーッと周りの土砂にもぐり込むもの、さまざまだ。危険だ、離れよう。内陸から台地の裾の方角に退いた。

慌しく短かく動く人影が映る。中には動かないものもいる。足元にもいる。頭がない。近くを見まわすと、四本の手足がついている人など見当らなかった。

拳銃を押しつけ「これで撃ってくれ」と
そばにあった穴をのぞいた。中から「山」と声がした。咄嗟に「川」と応えた。

確実に入口だが蓋もない。狸穴のような穴の中に入った。

奥に潜入していった。背の立たない低く狭い壕だが、そのうちに少し広い袋小路に突き当たった。

この壕の主人は誰もいない。四、五人いるのは空き家に入って来た者たちとわかった。熱さと死臭で苦しくなってきた。入口から十メートルも離れていない。もう少し奥まで行きたい気持ちと、引き返したい考えが交錯していた。

弾丸と隣り合わせになりながらここまで来たのは、前線の実態をより正確に、後方陸海軍部隊に連絡するためだ。もとより野次馬的思考で危ない目に逢っているのではない。奥の方で呻《うめ》き喘《あえ》いでいた兵士は、飛行場から来た搭乗員だと名乗った。

横に置いた拳銃を俺に押しつけてくる。これで撃ってくれ、と頼んでいるようでもある。俺はそれより暴発を恐れてともかく受け取った。通信科に五丁の拳銃があったが、俺は手に持ったこともなかった。その生温かい感触と重量感を堪能し、少しうれしくなった。五発装填されており、予備弾倉もあった。

彼は十九日の戦闘で負傷し、左大腿部から切断され、付根部には羽二重が巻きつけてあった。その白生地には、血液が黒褐色に変色し固まっていた。そのほかにも胴体に被弾しており、起き上がることもできないでいた。

他の者も、今なお撃ち合っている陣地の付近から来たという。それぞれが別部隊の陸海軍兵だった。とりあえずこの壕に避難して、今後を決めたいと考えているらしい。

不連続に聞こえる断末魔の絶叫。その声は途切れることがない。悲惨な形で身体の部位が空中に舞い上がり、それに持ち物類が混ざって落下する。「おっかさーん」と叫んだ。その次は聞き取れない。何を言おうとしたのか。ジョウロから出る水のような曳光弾が空中で衝突している。線香花火みたいに真っ赤な星が周りに跳ねる。

壕の中の人も気がかりだが、外界の移り変わりもまた気にかかる。俺たち、どうするか。このままでは、みんな死んでしまう。

「死ぬんじゃねえ。東に行くと小高い岩山に出る。山を登らないで右からまわれば反対側は病院壕の入口だ。外へ出ればその山も見える。すぐ近くだ。元気出して行くんだ。死ぬために来たんじゃないんだろう」

俺は、右上腕を切断され、上衣の片袖をその付根に深く食い込ませている男に声をかけた。「さっき、山と言ったのはお前か」と聞くと、そうだという。彼は足は大事ないので見張役をしているのだ、と知った。

「一緒に行くと目立つから、一人か二人ずつ、時間がかかってもいい、行くんだ。しっかりしろ」と励ます。拳銃を持ったせいか、急に俺も元気になった。

二人が「よし俺は行く」と外に向かった。その背中に、「気をつけて、きっと行くんだぞ」と言葉を投げた。一歩また一歩と転がるように行く彼らをしばらく見送った。あれくらいなら助かる。頑張って、生きるんだ、と拝む思いであった。

壕に残った人たちから、昨夜十九日、十人くらいずつに分散して敵陣地に突撃したことを聞いた。散開しながら徐々に接近したそうだ。

静かな陣地にいっせいに手榴弾を投げ込んだが反応がなく、引揚げて来る途中で機関銃を主とする一斉掃射を受け、甚大な被害を受けたという。敵は攻撃を予期して警戒していたのだ。

別の斬り込み隊は、敵陣地を包囲するように、遠回りしながら接近しようとした。敵のタコ壺陣地の間を抜けて、中心の陣地に近寄り、背後から攻撃を浴びせたが、すでに空家であったそうだ。

米軍の中部地区の陣地は、二十日の時点で、鉄条網まで完備されていた。しかもその陣地では、拡声器で話し声を流し、集音マイクを装着している。わが方がその陣地に近づくと、攻撃する前に、別の陣地から距離を計った迫撃砲の仕打ちが来た。

「斬り込み隊は五人や十人というのは駄目だ、一人か二人が良いが、せいぜい三人までだ。四人になったら二班にわかれることだ。光る物、音の出る物、飛び道具などはない方がいい」という。それはまた、どういうことか尋ねた。

「戦争とはまず生きることだ。飲まず食わずでいても、生きているだけでいい。多く生き残った方が勝ちにつながるというもんだ」と答えた。

よしわかった。また会う機会があるように、といって別れた。こういう考えなら、転がっている重傷者の面倒もみてくれるのであろうと安堵した。

わが送信所へ戻る

お土産に貰ったような恰好になった拳銃を、一発撃ってみたいと構えたがやめた。こんなところで撃っちゃいけない。持つとかなり重いし、使わないならやはり邪魔ものか。腰に吊るしただけでは落ち着かず、片手を添える。片手歩きは不便だ。音を立ててはならない。

確かに南地区に境界はない。敵は相当数侵入しているものと思える。

充分注意して近づくことだ。休んでは行き、進んでは止まり、一人ずつ、今度はお前だ、など小声で囁くような合図を交わして一路送信所を目指した。

先刻、病院に向けて出立した者は、あるいはそのあたりにいないか、それとも無事に着いただろうか、とふと思った。その時ヒュヒューン、パチッと、天を真っ白にする照明弾が開いた。雑な行動はできない。這いつくばって身じろぎもできない。静かにごく細く、時間をかけてひと呼吸をした。

バラララーッ、ブスブスーッと、機関銃弾があたりに突き刺さった。やはり見つかったか、それとも威嚇か。半信半疑で動かずにいた。しばらくしてやっと、白い灯りが東の玉名山に向けて流れていった。暗がりになった。が、動いたら駄目だ。俺は現状維持に努めた。ドカーッと鈍い音がして、またしても照明弾をぶら下げる傘が開いた。大きい傘は静かに止まっているようだ。土砂がはっきり見える。新聞でも読めそうな灯りだ。照明弾はなかなか落ちない。遅い、神よ仏よ、風を呼んでくれ。もう少し風が欲しい。俺は長いこと地面に釘づけにされていた。

玉名山の背後に朝を告げる白味がさしてきた。長い時間、身動《みじろ》ぎ一つできないのはつらい。ようやく醜い灯りも消え、西方で吠えていた銃声もいつしか途絶えていた。

よし行こうか。今のうちに着かないと、危ない。

俺たちは、どうにか無事、わが宿たる送信所に戻ってきた。

友軍飛行機が来た

二月二十一日の朝が追いつきそうに迫っていた。一度に全身から汗が噴き出した。助かった、よかったという実感が、一緒に覆い被《かぶ》さってきた。

まずは昨日の見聞を報告しなければ、と中に入った。

あれからまだ二十四時間も経っていないのに、三年振りに帰ったようだ。激情のあらわれか、声が弾み、言葉が飛び出してくる。再会の喜びを全身に感じる。みんなの心が、これほどまでに俺の心に響いてくる。ありがたいことだ。俺はみんなに感謝しながら、この複雑な情況について話し続けた。

途中、残っていた者から話が出た。昨日、木更津航空隊を発進して八丈島に到着した海軍機が、今日、硫黄島に向かって出発したという。今回は少しまとまった数だから、期待してもよさそうだ。なにしろ、零戦十一、彗星十四、天山六機という編隊だ。

そうか、何時頃の到着になるのだろうか。来てみないとわからないが、とにかくありがたいことには違いない。

いや、所詮、焼け石に水だ。飛行機の数より敵の船の方がはるかに多い。これじゃ気休めにもならない。

でも来る方も命がけだ。かわいそうに飛んで火に入る夏の虫だ。なんと空しいことか。気の毒に思えてならない。相反する思いが俺の心の中で交錯する。

思えば、世界中どこにでも通じる大空と、見たことのない夢の大洋に憧れて仕事場に選んだのに、その希望を与えてくれていたものが、今では醜い網となって、そして鎖帷子《くさりかたびら》となって俺を取り囲み恐怖を強要している。

どれくらい経ったか、うたた寝でもしたようだ。遠い花火のような音を聞いた。夢かうつつか、半信半疑のうちに外に出た。友軍の飛行機の姿が見えた。そして物凄い夜景が展開されていた。

北から西海岸沖の空に放射された曳光弾の輝きが、真っ赤になって機体に吸い込まれている。あの三倍以上の弾丸が命中している。機体が曳光弾の灯りに鮮やかに描き出されている。胴に翼に、日の丸を背負った零式戦闘機だ。おそらくわが郷土の中島飛行機製作所で製作されたものであろう。

故郷の先輩や同僚が精魂を込めて作った愛機であろうと思うと、なんだか郷土からの贈りものか僚友との再会にも思えて、熱い涙が湧き出てきた。拳を固く握りしめ、頑張れ、頑張るんだ、と祈った。

零戦は西の空から急に高度を下げ、南海岸沖に袈裟《けさ》斬り状に速度を増した。尾翼の中央部から真っ黒い煤煙が流れた。みるみる太く濃くなり、胴体をも呑み込んだ。すかさず、蛇の舌に似た赤黄色が、煤煙に混って躍っている。

もう火だ、すっかり火の玉となった。あれに人が乗っているなんて思いたくない。運命として片づけられるものではない。

米大型航空母艦にこの神風特攻隊の一機が突入し、瞬時に爆発音を発して艦上に火柱が立った。続いて一機、また一機と油を注ぐように大火炎となった。あの火の玉となった飛行機に人間が乗って操縦しているなんて、とうてい想像もつかない。操縦不能に陥り、鉛色の海に真っ向からぶち当り、水柱を上げる機もある。

水柱が消えて元の海面に戻る頃、それが飛行機だとわかるような残骸が、静かに水面から消える。あの水柱は、ほんとうは人柱だ。


紅い曳光弾の直射線条が、鮮明に日の丸を映し出している。この光線林立する中空を横断することは、神業をもってしても不可能である。が、この圏外に飛び出すことを許されない人たちがいたことを俺は忘れることができない。

あの艦上の被害もわが方の損害も、喜ぶべきか、泣くべきか。憐れみだけが重くのしかかってくる。残酷極まる事象として心に刻む。

送信所の上を戦車が往復する

室内は水を打ったように静まり返っていた。

人っ子一人いる気配などない。が、寝ている者もいない。皆本日の戦闘はどのあたりか、もしや本送信所の掃討作戦になるかもしれない、と切迫した思いでいた。こんな静寂な室内をガタガタと音を立て揺るがすものが来た。敵戦車の音だ。俺たちはいっそう緊張し、息を殺していた。武器を持っている者は、できるだけ引き寄せ抱え込んでいた。

戦車の音はみるみる近づいた。入口に向かう者、奥に向かう者が錯綜した。どれくらい経ったか、いきり立つ者たちは「撃って出るぞ」と、今にも突撃せんとするような姿勢をとった。

奥の方から、「命令だ。動くでない、静かにしておれッ」と、短かい太い声がした。日ごろは軍人とは思えないほど、やさしいお爺さん風の好々爺然とした、奥田年男掌通信長の声だった。掌通信長はこの送信所の主査であった。いきり立った者たちも、浮かした腰を下ろし、静かにやり切れぬ心を抑えて時を待つしかなかった。

やがて戦車の音は、内陸側を通過した。続いて南側からも通過して東進していった。しばらくして、当送信所の真上をゆっくりと動く戦車がいた。周囲に兵隊の通る足音も聴きとれた。今か、来るか、と室内の緊張は高まった。

どれくらい経ったのか、今日も終りなのか。東方に去って途絶えていたキャタピラの音が再び聞こえ出した。だんだん近づいてくる。すばやい退去で帰路をたどっていた。

それに比べ、当方の屋上は何一つ物音もないまま、静寂を保っていた。

この上には、まだ何らかの動体があるはずだ。動いてはならん、話もしてはいけない、と依然として静かに息を殺して耐える。

しかし、なかには待ち切れず身ぶり手ぶりで無言の会話を始める者が出始めた。すると、その一群の上長らしき者から制止の仕草が命令風に飛んだ。

その刹那、天井から伝わってきた音響は、西の帰路に向かう動体の響きであった。やはり彼らはまだこの周辺に潜んで探索をしていたのである。

第四章

摺鉢山の日章旗

伝説となった摺鉢山頂上の星条旗掲揚——。
しかし、二度にわたって日章旗が取って代わった事実はあまり知られていない。
その後、白兵戦を交えた地上での殺戮戦が激化し、一進一退の攻防戦が展開された。

擂鉢山が奪われた

「なんだ、あれは」「旗だ、星条旗だ」

降っていた雨がやみ、空が晴れてきた頃だった。星条旗が右下斜めからしだいに垂直に立てられた。二月二十三日の十時過ぎのことである。

沖の艦船から次々と汽笛が鳴り響き、海岸の敵陣地からは勝鬨《かちどき》のような米兵たちの歓声や口笛が聞こえてくる。擂鉢山の周りは、いたるところが戦闘の真っ只中である。それなのにあの旗を立てる一団への攻撃は行なわれていない。

わが方は、眼前の敵に対する攻撃に精一杯で、擂鉢山を狙撃できないでいる。

残念だが、ついに擂鉢山は奪われた。

擂鉢山守備隊の皆さん、ご苦労さまでした、と思うと、涙があふれてきた。

西空に映されるシルエットの旗の下の人影が、二人、一人と少なくなった。山肌を舐めるような火炎放射の炎も小さくなって、あちこちの銃撃戦がいまは静まろうとしている。

外灯をつけるには早いと思うのに、早くも照明弾が全島を真昼のように浮き彫りにしだした。やはり日本軍の夜襲は恐いと意識づけられているのであろう。照明弾は途切れることなく打ち上げられる。それに加えて、時折りは小型艦船から、艦砲射撃やロケット砲撃が、北地区や東地区にまで延伸して行われる。玉名山には、なんの破片か、不気味な音を引いて、右から左に、あるいは左から右へと、さまざまな代物《しろもの》が飛び交っている。この状況下では、部隊間の連絡も情報伝達も出来ない。摺鉢山地区隊との連絡は、特にその手段がなくなった。

夜を期して、後方部隊よりさまざまな命令や情報が飛び込んできた。

いわく、「米軍の夜間警戒の虚をついて斬り込みを実施し、我が陣地を奪回せよ。北地区部隊や東地区部隊のそれぞれの一部をもって、米軍後方部隊に潜入してこれら後方地区の攪乱を意図せよ」

後方へはこの玉名山から一望し得る現地の実情を小刻みに連絡しているのに、どれくらい把握しているのだろうか。不審に思った。

今この場で、壕の出口の掘割から鉄兜《かぶと》を棒に乗せて突き出すと、ものの三十秒と待たずに狙撃される。照明弾の下、いくつもの双眼鏡や銃口が、地上の変化を虱潰《しらみ》しに追いかけている。おそらくすでに玉名山周辺には、敵の斥候兵や見張り員が来て、警戒していると見做《みな》すべきだ。

それでも真夜中には、局地的な戦闘が摺鉢山周辺から南海岸線にかけて断続的に勃発した。二月二十四日になったのだろうか。日付けが変わる頃、空は暗く月も星もない真の闇である。

島のすぐ上にだけ照明弾が明りを増している。傘をかむったお月さんのように、照明弾にも大きな丸い輪が被って見える。

どこかで、ピカーッと光った。

掘割の中に伏せた。

地下鉄の電車がホームに接近したようなゴオーッという凄い音が、みるみる近づき、やがて空気が波動となって歪んできた。これは近いぞ。思わず脚を縮め頭を抱えてうずくまった。いっそ直撃なら幸せだ。できるならそうあって欲しいと思っているから弾丸は恐くない。手足をもがれ、半殺しにされるのが嫌だった。だからそんな負傷をしたら外に出て、できるだけ伸びてもう一度標的になればいいと、心に決めていた。

ただそれが味方の居場所を知らせる結果にならないように、どうしたら、より遠くへ行けるか。俺は雲雀《ひばり》の習性を想い出していた。麦畑の雲雀ですら、巣からはるか遠くに降り、巣まで歩いて行く。また飛び立つ時も、どんなに忙しい時でも、人に巣を見つけられると一目散に走り続け、しばらくしてから飛び立って行く。

ドカーンと破裂音がして、雨でも降るように砂塵が降ってきた。この砂は生温い。身体から一層の汗が噴き出した。砲撃は一発だった。掘割から絶対伸び出してはいけない。至近弾ではあったが大丈夫だ。

摺鉢山奪還

二月二十四日早朝、米軍は八時出勤だから、それまでには現状保持の状態にまで繕っておかなくてはならない。八時少し前には、整地して足跡などを消し現状に復す仕事をして、中に入ろうとした。すっかり明るくなった摺鉢山を望んだ。するとそこには星条旗ではない、まさしく日章旗が翻っていた。よくやった。日本軍は頑張っているのだ。この島のどこよりも攻撃の的になっている場所なのに。ご苦労さん、と自然に涙が出た。懸命に摺鉢山を死守している勇士がいる。故郷の人に見せてやりたい。今頃俺の田舎では、雲雀がわが巣に戻って、安眠の最中であろうに。その鳥にも劣る我は今、食するのも、ねぐらも、親兄弟と離れ離れの生活を強いられている。

敵は前方のみではない、周囲四方が敵である。否、味方になるものは何ひとつない。まず自分に勝たねばならない。弱音を吐いたら、それまでである。第二には飢えに堪えることだ。何がなくても水があれば生きられるという。しかしその水をいま天が恵んでくれない。しかし死ぬわけにはいかないと、自分に暗示をかけていた。同じ境遇の人が、摺鉢山では夜を日についで眼前の敵と悲惨な激戦を展開し、ついに日の丸を掲げた。涙なくして見られぬ光景であった。

二月二十四日、朝から摺鉢山に反撃を受ける

醒めやらぬ歓喜の夜明けを迎えた。前線と思われる台地には煙が立ちのぼって、昨夜の戦闘はここ、と教えているようだ。はるかかなたに烟《けむ》る摺鉢山には、星条旗に替って依然として日章旗が海風にはためく。日本軍健在なり、と報じているようだ。

わが隊の士気も一変した。やるぞ、俺もやるぞ、という意気込みが漲《みなぎ》ってきた。

午前八時。いよいよ出勤になった米兵が、その異様を知った。

周囲の米陣地からの、ロケット砲弾が集中的に摺鉢山の山肌を削り飛ばした。陣地や壕の入口がポッカリ開いた。飛行機の威嚇旋回の間隙を縫うように、二人、三人の米兵が山腹を腹這いになって入口に近づき、手榴弾を投げ入れた。少し遠くから放つため、半分も命中しないが、次第に近づき一つ二つと入るようになった。ついに入口にたどりついた二人の兵隊は、左右の死角に隠れて、代わる代わる手榴弾を投げ入れた。

これと呼応した別働隊が、山頂に星条旗を立てた。壕の入口に続々と近づいた兵隊は、機関銃を銃眼内に向けて乱射した。

壕内から迎撃する気配はない。ただ薄紫色の煙が、細く長く天に伸びるのが見えた。

もう何の反応もないと思えるのに、なおさらに火炎放射の炎が壕内に押し込められた。

摺鉢山の戦闘を無視するように、内陸に侵入した敵部隊は二段岩を包囲した。

二段岩は電波探知機を設置していた重要地点だ。しかし現在ではその探知機も空からの攻撃で破壊され、機能を失っていた。第二の摺鉢山ともいえる高地に陣地を形成し、近隣の陣地と相まってもっぱら標的のひとつになっていた。

摺鉢山を横眼にしながら侵攻した大型戦車群は千鳥飛行場を北進した。また一方は、摺鉢山を背にして海岸線を北進する。

二段岩、屛風岩、船見台等の各陣地の側方を北進する戦車群に対し、わが方は速射砲、ロケット弾等、あらゆる弾丸を浴びせた。しかしその威力の差、戦いに必須なあらゆる戦力の差は明白であった。

日本軍の陣地は、脆《もろ》い土丹岩の防空壕陣地であり、戦車砲に持ちこたえる耐久力ではなかった。今日はいよいよ二段岩決戦か。頑張れ。

この時点で木や草は一本も見当らない。柴一本の青みがないままに掘り返され削り剝がされ、山はその風情を失ない平坦地化されている。一昼夜を通しても弾丸の破裂しない時間は短かい。

米軍は、二百メートルも前進したのに戦車が引き揚げている。前線付近で露営することは危険であることを察知したのであろう。前日の地点まで退避した。

そして二十四日の日が暮れた。

またあの照明弾が夜空に開きはじめた。

摺鉢山に立つ星条旗は、なぜかショッボリ見えた。

海岸線には、陸揚げされた物資が四角に積まれ、いくつもの群ができた。露営が天幕となり、仮小舎となり、いまでは木造住居に変化している。

夜間に動いている産業機械はわずかになった。ヘッドライトやカンテラ灯りなどの動きも俄然少ない。軍用犬の鳴き声が身を凍らせる。寒い夜がやってきた。

再び摺鉢山の日章旗は奪われた

二月二十五日早朝。いつの間にとり替えたか、摺鉢山にはまたもや日の丸の旗が朝日を浴びて、泳いでいた。まぶしいほど綺麗な懐かしい旗だ。これは、いまだ頑張っている守備隊員がいるあかしである。あれほどの攻撃を受けたのに、よく頑張っているな。しばらく見入っていた。

あの旗はどこにあったのだろう。不思議な思いだ。それに、あの旗は昨日とは違う。昨日の日章旗より、少し小さい四角だ。もしかすると、急拠作製した血染めの日章旗かもしれない。日の丸が茶色く見える。影を見ると泣いていた。

拝む想いで眺めていた。

午前八時。米軍は戦車群を先頭にして昨日の戦線位置に驀進《ばくしん》している。いよいよ配置に着いた。摺鉢山に向かう一群の戦車群は、船見台、タコ岩を横に見て千鳥飛行場を突っ走る。地熱ヶ原、屏風岩から玉名山に進路をとっている一群もある。どれも先陣は戦車隊だ。大型を中型が左右から挟んでいる。

昨日と違って警戒しているのか、二時間もたつというのに、まだ日章旗は摺鉢山山頂にはためいている。

こっちに向かう戦車が、停まって撃ち出した。なにやら獲物でも見つけたのか。一斉砲撃に入った。

玉名山陣地が応戦した模様だ。当地区にもやたらに破片や土砂が舞い落ちる。

もう一度摺鉢山を見た。米兵が今、日章旗の旗竿を抜き取った。これに対する抵抗は何もない。やはりあの日の丸は最後の鮮血としか考えられない。

玉名山送信所の内陸側では、日本軍戦車隊が迎撃している。戦車対戦車戦である。しかし日本軍は中型小型戦車だ。それに数量が比較にならない。

米軍の戦車の後方に見え隠れしながら、狙撃兵が膝打ちの構えで控え、戦車の前進に呼応して動いている。送信所にはこの戦車群に敵対する武器は何ひとつない。ただ静まりかえっているしか手段がないのだ。

しばらくして少し弾丸数が減ったようだと感じた。おそらく昼食だろう。

戦車のキャタピラの音も聞こえなくなった。が、代わりに別の音が響いてくる。その音の主は、少し後方の建設現場で動くブルドーザーの活動音だった。海岸から内陸にかけて、地ならしをしている。上陸地点より二キロメートル四方の範囲は、すでに校庭のように整地され、小型機やヘリコプター等の発着が始まっている。飛行場が完成されつつあるのだ。

弾丸が小降りになったのを見て、俺は摺鉢山を望んだ。いま、まさに米兵が星条旗を立てんとしている。すぐ西隣りで、毟《むし》り取った日章旗を、ボンベを背負った兵隊が火炎放射器で焼いているのが見えた。その火が消えた頃、星条旗がやっと立った。午後一時少し前だった。そして彼らはその北側に少し下って陣地の構築を始めた。

上陸地点の海岸線の橋頭堡から、逐次内陸に侵攻した米軍は、ついに船見台、二段岩山麓、南部落、地熱ヶ原にと進出してきた。

午後五時。戦い終えて米兵たちは帰路に着く。

一番星を見つける頃、照明弾が発射され、昼の明るさを保っている。

上陸以来、間断なくどこかで白兵戦が展開され、何もない穏やかな晩など一刻もない。撃ち合いの主は斬り込み隊である。

夜、米軍から撃ってくることはない。夜戦は日本のお株であった。

その後の局地的応酬

二月二十六日、朝。摺鉢山に日の丸はなかった。奇跡はその後起らなかった。星条旗が夜を徹して、突っ立っている。

午前八時。主砲を合図に艦砲射撃の開始だ。米軍は昨日手こずった直前の日本軍陣地に向けて、飛行機との連繋により正確に前線陣地の砲撃を展開している。

これに対して日本軍は迎撃しない。壕の中で静かに時を待った。

やがて艦砲の弾着点がなお内陸に進み、そして停止した。

艦砲の停止を合図に、おもむろにわが方の戦車群が前進する。

迎撃態勢を整えた各々の陣地は、あらゆる兵器を駆使してこの攻防戦に対峙する。

この情況を見ていた敵戦車隊が応援を要請されたらしい。椋鳥《むくどり》のような艦載機群が、超低空で日本軍陣地に銃撃を加え始めた。陣地は前面の戦車と上空の艦載機とに目まぐるしく応戦する。そして一人また一人、持ち場の兵が減る。その持ち場を補充する兵はいない。

戦車と向かい合っている陣地だけが戦線であり局地的戦場だった。

いっぽう戦車と対していない陣地や部隊は、まるで他人事のようだ。応援や補充などしない。自分の陣地だけが持ち場である。今日まで戦闘していた陣地や部隊は、おそらく弾丸を撃ち果たし、あるいは砲身を焼き尽くし、全滅している壕も相当にあるのだろうと俺は思った。

わが部隊は今日か明日かという情況だが、総司令部のある北地区ではどうだろう。複廓陣地に入り込んだきり、まだ一発も撃っていない陣地もあるに違いない。「北地区送信所にいればよかったなあ、影、あそこならまだ安全だ。貧乏くじを引いたもんだ」と、俺はつい、せんない愚痴をこぼした。すると影が答えた。「ここが与えられた死に場所だ。最後を綺麗に生きよう。どうせ早いか遅いかの違いでしかない」

戦車七両を破壊した阿部さんの話

その晩、一人の兵隊が俺たちの送信所に入ってきた。すでに飛行兵や整備兵等は去っていたので、中に招き入れた。

彼の話を聞いた。彼は阿部という。昭和七年に開かれたロサンゼルスオリンピックの馬術飛越競技に優勝して、世界的な有名人だった西竹一中佐の陸軍戦車隊に属する兵隊だった。彼は語った。

地熱ヶ原、屛風岩付近に敵戦車が進攻して来た時、棒地雷一本を持って、付近のタコ壺に入っていた。

戦車が接近した時、他の戦車や兵隊に見つからないように素早くタコ壺を脱出する。キャタピラに、出来ればその両輪に踏ませるように直角に棒地雷を設置する。あまり前方に置くと、戦車が方向転換して失敗することが多いのだそうだ。だからできるだけ戦車に接近して設置し咄嗟に遠ざかる。そのあとはとにかく伏せる。物凄い爆発音がしたら、眼前の戦車は機能を喪失している。けれど、ヤッター、成功した、と思うのも束の間、周囲の敵の眼はこの異常の原因を追求している。見つかると万事が終りである。戦いが終るまで真昼の太陽の下で、死者同然にジッとしているか、あるいはうまくタコ壺に戻れたら、なんでもそばにあるもので蓋をして、一日を過すのだという。

　夜になって、彼は東地区の本隊へ戻り戦果を報告する。上官は彼に次の一本を渡し、直ちに出発することを命じた。そして二回目、その轟音のため、ついに両鼓膜を破壊されまったく耳が聞こえなくなったそうだ。戦車の近づく音も判断できなくなってしまった。でも五感を集中させて今度も成功した。帰隊すると、また一本を渡される。計、七回成功した。戦車を殺《や》ることの要領は会得したつもりだ。なかには一発で戦死する者や、棒地雷を抱えたまま戦車の下敷きになる者もいた。

「俺は人の話が聞こえないから、帰ってもまた渡される。生きてるうちはこの地雷を渡される。死ぬまで渡される。死んでもいい、悔いはない。が、俺が何回も行くのに、まだ一度も行かない者がいるのはなぜだろう。俺が成功して帰っても慰労の言葉もない。どうせ死ぬ身だから仲間にしてくれ。俺はここで死にたい」

と阿部は言った。

ここまで来るのに、ずいぶん苦労したらしい。このすぐ近くで壕に入れてくれと頼んだが、入れてくれない。一度入れてくれた壕もあったが、耳が悪いと知るとすぐに追い出された。耳が聞こえないせいで、つい声が大きくなってしまうからだ。それでは壕には向かない、外に居ろといわれた。だがここでは迎え入れてくれた。この人たちとなら一緒に死んでもいい、もう東地区にも帰りたくないというのだ。

本隊があるのにずっとここに置くわけにはいかない。二、三日経ったら帰った方がいいよ、というと、いや、帰らなければ、彼もついに死んだか、とかえって安心するだろう。厄介な荷物がなくなるということさ、と言い張った。

言い分はわかるような気がする。とにかく、ゆっくり休んだ方がいい。俺たちは横になるよう促した。

阿部というその人は、さまざまの昂奮や神経の動揺か、なかなか寝つかれないでいたようだが、ややあって、心地よい寝息に混って鼾がかなり高く響いてきた。

短かい時間だ、より深く寝た方がよい。そのまま静かにしておいた。

照明弾の灯りが、入口の土丹岩の僅かな隙間から木洩れ日のように鋭い一条となって流れ込み、照明弾の動きを反映して部屋の中を遊泳している。この動き方では、今宵の上空の海風は西から東に流れている。

与えられるのは一口の雨水のみ

昼間の前線付近では、照明弾に混って犬の遠吠えの如き銃撃戦が展開されている。眠りから目覚めた阿部は語り出した。もう少し低い声で、という合図をしたら、口を小さく開けて話し出した。

摺鉢山地区隊には、陸海軍守備隊員が一千数百名はいたのに、米軍の上陸以降、まったく孤立化してしまった。現在、脱出の可能性はどの方向にもまったくない。そして連日のあらゆる攻撃に晒されて、その負傷者は自分の事情をかまうこともならず、仮繃帯もないまま戦闘に参加していた。戦闘能力がないとか参加不能と判断した兵は、次々と自分で身の処遇を決していった、という。

彼はしだいに大きな声になってくる。やむなく手を強く握りしめることで声が大きいと知らせる合図にした。ときおりこの合図を受けながら、阿部は話を続けた。途中、米軍包囲網を脱出した摺鉢山守備隊員にも会ったという。その男は陸軍の兵隊だった。

昨日、棒地雷を担いで西地区に行った時のこと。敵戦車が完全に直角に腹で踏んだので、うまく爆発したとタコ壺で確認した瞬間、自分の意識が遠ざかってわからなくなった。しばらくして気がついたが、どっちの方へ行ったらいいかわからなくなった。

方角が判然としないまま移動した先にあったのは砲台陣地の壕だった。砲台陣地では危険だ。行くべきところは反対方向だったのだ。とはいえ、喜んで急いで帰隊しようとも思わない。どうせ死ぬまで地雷運びが課せられるなら、どこで死んでももう悔いはない。なにしろ大型中型戦車七両は完全に大破し、再起不能に間違いない。充分御奉公した。そして両耳がまったく機能を喪失した。内地の病院でも治癒の見込みはないだろう。

「ご苦労さま、よく頑張った。何も食べていないのだろうが、ここには乾パンも米もない。けど水筒に水がある。昨日の雨水だよ」と差し出す。彼は喜び、押し頂き、かぶりついた。一口ゴックーンと咽喉を通った。もう一回を口に含んで水筒を離した。含んだ水の味を、よく確めてから礼を言った。

乾燥米を各員に分配したため、それぞれが個人のポケットに入れてあった。熱湯かもしくは水を注いで炊いて食べていた時もあったのに、現在ではその固いまま、バラにポケットにあるのを、手でつまみボソボソと二、三粒をいつまでも噛んで食事としていた。食事時間は必然的に個人の意志で自由に決まる。ポケットが空になると、お替りはない。すでに米櫃も水瓶も空だ。口に入りそうなものは何もない。持久戦が続く限り、この配られた限りある乾燥米で生命を維持しなければならない。腹一分にも満たない食生活であった。

自分という人間の体力、精神力の限界を試されているのに他ならない。
しかし試されているのは俺一人じゃない。
あの摺鉢山をはじめ、この玉名山に至る眼前の守備隊は、負傷者を後退させることもない。新鋭を増強し強力な兵器を保有する敵を相手に、昼夜とも休む間もなく戦線を死守している。

本部に増援依頼するも「持久戦を」

前線陣地からの情況連絡員が来た。彼は米軍上陸以来何ひとつ口にしていないという。食べ物が欲しい、死傷者が続出しているから増援が欲しい。弾薬がない。素人の手も借りたい。悲痛な訴えであった。その連絡員を見れば、両手首から先がない。

足のある者は弾丸運びを、片手の者はその片腕を使って、兵器を修理しながら奮闘しているのだという。薬などない。出血止めの仮繃帯とは名ばかりで、倒れている人の服の端切れを引裂いたものである。撃て撃て、といくら掛け声をかけても、怒鳴り散らして無用な軍刀を振りかざしても、弾丸がない。運ぶ者がいない。射手がいない。「増援を頼みます」、とその手のない連絡員は懇願した。さっそく本部に連絡した。

増援はない、突撃は好ましくない。夜間斬り込み作戦により被害を増すより、地下陣地にて持久戦を選び、各自陣地を死守せよ、との返事だった。

わかりました、とにかくそこを墓場として死ねということか、とその男は、一人ごとのようにボソッと吐き出した。「仲間が今かまだかと待っているので帰ります。他にやる事がたくさんあるんだ」と言い残して立ち去った。

男は日本軍人というにはほど遠い姿をしていた。小さく細い病人のような、今にも倒れそうな足取りで戻って行った。

東の玉名山、西の各陣地から応戦

二月二十七日午前八時、艦載機が一機、中空に輪を描いた。二周目を待たずに、南海岸方面からの主砲と思われる大きな砲弾が島央で破裂した。火山の噴火でも見るような砂塵が立ち上った。まもなくそれとわかる破片が、ピューンピューンと変った唸りをあげながら飛んできた。玉名山の山腹にブスーッブスーッと、時には岩に当る甲高い音を発して消えてゆく。また、これを契機に、周囲の艦船から一斉砲撃が始まった。そうとう内陸に、そして西から東へと直線的に攻撃している。南海岸方面の艦砲射撃は、この玉名山の上空を飛んでいく。あれが四十センチ砲弾だ。なんて大きいんだ。あれは十五センチだ。南方からここを跳び越えてゆく砲弾はもう数え切れない。まるで競走のようだ。大きいものは重いためか小型砲弾に追い越されている。島内の各陣地は沈黙に徹して、機の熟すのを待っていた。

約三十分の砲爆の後を受けて、艦載機が銃爆撃を開始した。西海岸から侵入し、島央を横断するように東方海上に抜けて右や左に旋回し、また西側から入ってくる。

この一連の飛行機の攻撃にはわが方も甘んじていない。わが陣地いまだ健在であると、これには敢然と迎撃した。この情況を米上陸部隊は注視して、攻撃目標や作戦を修正したのであろう。徐々に戦車が別方向に進路を選択していった。

飛行機群が四、五回旋回した頃、攻撃の主力が陸上部隊に代わった。戦車を先頭に、西地区、元山飛行場の中央地区、そして東側の当玉名山地区が明らかに攻撃目標にされていた。前進が開始され、戦闘の火蓋が切られた。いたるところで殺戮戦となった。

敵の新鋭群に対して、守備隊は休む間もない連続戦闘である。

西側では、船見台、タコ岩、田原坂付近の各陣地が奮戦。一進一退の激戦を展開している。東側地区では、玉名山山麓陣地と付近の海岸線から台地に至る陣地が呼応して猛反撃を加え、信じられない脅威を与えて一歩の前進も許さなかった。

敵中央部隊は元山飛行場に通ずる道路を利用して、大型戦車を中軸として進撃した。上陸前から第一標的にされた二段岩、電探陣地はよく目立ち、終始攻撃の的となった。その東側は低地で平坦なため陣地も少なく、戦車群は二段岩を後続部隊に任せたように北進した。そのため前線は中央部の張り出した逆弓形状になった。

米軍は戦車を先頭に据えて、少し後方から大砲、ロケット砲、側面には機関銃隊を配置した。そして仕掛け花火に似た、重厚で激烈極まりない絨緞攻撃をしかけてくる。対する日本軍陣地は、速射砲、榴弾砲、機関銃、小銃などで、その大小弾丸の数量の比は敵の一割にも満たない。しかし百発必中の狙撃を実行して、激烈極まる戦闘に対応した。それぞれの地区では、一進一退の攻防戦が展開されていた。

この戦況を観戦していた俺の心は、頑張れ、もう少しだ、勝てるぞ、と激励する心でいっぱいだった。運動会の綱引きのように、双方の力は伯仲しているようにも見える。これぞ生死を賭けた戦闘だった。けれど、この島の半分は、この戦闘の事実を知らないであろう。壕中に隠忍自重していたらどうなるか。すでに米軍の後続部隊は装甲車、ブルドーザーを駆使して整地し、即席滑走路を建設している。この機を逃せば、二度と日の目を見る事もならず、全員生き埋めとなるのは必定である。兵団司令部はそれまでして持久戦を生きよというのか。われらは軍人である。戦争に来たんだ。決戦を望んでいるんだ。俺は叫び出したいような気持ちでいた。

しばらくして米軍戦車が退いた。勝ったのか。敵は逃げたのか。前線が一様に退いた。みんな同一歩調だ。しだいにお互いの弾丸が飛ばなくなった。本当に撃退したのだろうか。それとも作戦なのか。そうか、昼食かもしれない。日本軍は追撃ちはしない。それぞれが兵器の点検手入れ、負傷者の応急処置に追われた。しかし、わが方には食事などの余裕はない。

今日の戦闘は引き分けかもしれない

再び艦砲射撃が始まった。頑強な抵抗を示す日本軍陣地に集中砲撃が浴びせられた。その弾着ポイントを、旋回している艦載機が指示しているようだ。

あの飛行機に見つかってはいけない。あれに気づかれると、すかさず攻撃を受けることになるから気をつけよう。彼らは望遠鏡や撮った写真を見ては、わが方の動きを、たとえどんなに小さな動きであったとしても見つけてしまう。だから外のものは動かせない。

一息入れるように艦砲射撃がやんだ。入れ代わるように、戦車が急に台頭してきた。みるみる前進してくる。

日本軍が撃ち出した。充分に引き寄せて必中弾を見舞う作戦だから、よく命中する。しかし艦砲射撃の打撃を被っているせいだろうか。少しずつ弾丸の発射が少なくなった感じがした。

前進した米軍に真っ向から立ち塞がっているのは西地区だ。その中央部で日本軍戦車が迎撃していた。しかし数量の差があり過ぎる。

この玉名山地区は、東地区戦車隊に近いせいか、相当数の戦車が応戦している様子がわかる。

モグラ生活を強いられていると、しだいに陽の光が眩しく感じられ、目が痛い。しだいに夜行性に転換する過渡期に入っているのであろう。五感が鋭く反応するようになってきた。

昼間の景色はよく見えないが、飛び交う弾丸は、あれは近くで破裂した艦砲だ、これは味方の撃った戦車砲だ、いま変った音がしたのは狙撃兵の小銃弾が玉名山の岩肌に命中したものだ、などと判断できるようになった。また夜には照明弾によって、この暗い送信所の部屋が夜とも思えぬほどの明るさを得て、特に照明装置や器具などいらない。

あの胸に飛び込むような響きは、付近の日本軍戦車の発砲音だ。互いに譲らぬこの攻防は、まるでボクサーがリング中央で脚を止めて打ち合っている姿のようだ。もはや弾丸の音以外には何も聞こえてこない。

どれくらい撃ち合ったのか、急に弾丸数が少なくなった。こんな激戦の最中でも時間は守られる。

戦車群が隊伍を乱して、帰りの途を急いでいる。だいぶ距離をおいて退いている者もいる。今日の戦闘は引き分けかもしれない。よく頑張った。

夕日は今、摺鉢山に差しかかろうとして、星条旗を真っ黒いシルエットに浮かばせる。今晩の照明弾は、もう出番を待っている。

こんな毎日が反復されている。

陣地の機能に大被害を受けた残存兵員たちが、斬り込み隊を結成し、果敢な接近戦を各所で展開している。斬り込み隊は、挺身突撃決死隊の別名であろう。

接近戦においては彼我の関係が判然としなくなる。確かに右方が日本軍で、海側の左方が米軍のようであるのだが、その手前の陣地を米軍は襲撃している。白兵戦になると海側に日本人がおり、左右反対になっている。

灯りに浮かぶ人間のシルエットで、なんとか彼我を判別する。今夜も念を押す如く、照明弾が真昼のように広範囲に輝きを振りまいているのだ。

戦争とは勝敗である、と定義づけるように局地局地がそれぞれに見合った結果を連らねて、今夜を通過している。残念ながら反撃はもう夜しかできない。昼の地上は完全に米軍のものと化した。敵は茸狩りでもしているように、腰を屈めて壕口を探しまわり、爆薬や火炎放射などで攻撃している。

戦わずに、ただ地下壕にいても、死ぬより辛い生き方を強要される。口に入るものが何もない。空気ですら硝煙混りで清浄なものなど望めない。

死臭は幾重にも重なり、地熱によって臭気がいっそう強烈になっている。みな、自身の負傷の始末もままならずにいる。

一発でも弾丸があれば、それは幸せであると俺には思えた。

武器がなければ餓死を選ぶしかないじゃないか。軍刀を持って、拳銃をぶら下げている者もいないではないが、手榴弾の一発もない者が多い。撃って出るわけにいかない。武器が欲しい。

機関銃が羨ましい。

暗くなって壕の外に出る

よしいくぞ、直撃を受けるならそれもまた運命だと、影と一緒に壕を出た。玉名山は前線だから、俺たち通信兵はときどき戦況を偵察しに行かねばならない。

玉名山は摺鉢山に似た熔岩で、相当に固く、砲弾でも簡単には吹き飛ばない。小銃弾などは跳ね返されている。夜ともなると、あるいはこの近辺にも斥候や見張員がいるやもしれないと思いつつ、なお危険を冒して、少しでもうまい潮の香のする空気を吸いたいがために屋外に出る。

もちろん、立ったり坐ったりはできない。掘割のくぼみに仰向けになり、夜空を見ながらせいいっぱい冷風を鯉のぼりみたいに吸い込む。天上の星を吸い込まんほどに呑み込む。そして音のする方角を静かに横になったまま覗くと、遠花火か田舎の火事のごとき炎が見え、それはやがてボヤのように消えていく。迫撃砲や手榴弾の戦闘で、ところによっては機関銃を乱射している地区もあった。

自分の陣地を守るのは自分達だけである。今晩敵を殺《や》らなければ、明日殺されるのは自分だ。摺鉢山にもまだ生存者がいて、夜な夜な反復攻撃を実施している。照明弾の灯の下に昼にも劣らぬ戦闘が各地で展開されていた。

玉名山の麓を右まわりに下に降りた。すぐ前に南地区隊陣地が拡がっている。簡単に陣地に近づくことはできない。あれほど攻撃を受けても、まだ陣地の周囲には相当数の地雷や兵器が設置されているであろう。疑われると味方から発砲されるかもしれない。ために近づくことは危ない。

と、その時、頭上に照明弾が開いた。みるみる灯りが流れていき、玉名山の陰にかくれた。暗がりに付近を見まわしてみると、すぐ前に誰かがいる。横になっている。緊張して彼を見つめたが動かない。日本人らしいと見て、もう少し近寄った。やはり日本人だ。

そばに並んで横になった。「山」と言ったが、応答がない。変だ、影、どうする。触ってみろ。横腹あたりを押したが反応がない。手に触った瞬間、死んでいると直感した。冷たかった。もう一つの手には小銃が握られていた。

その銃を借りようとしたが、なかなか離さない。貸してくれない。ちょっと力を入れた。やっと貸して貰えた。俺はこの収穫で気をよくした。腰の弾函も一緒に持ち帰った。とにかく銃を持ったことで強い気持ちになり、嬉しくなった。

おもむろに弾倉を点検してみたら五発の弾丸が入っている。三八式歩兵銃だった。

しかし、この手に持ってみると、交戦したい感情など微塵も湧いてこない。あんなに欲しいと思っていたのに、どうしてかわからない。なぜか無用のものにさえ思えてくる。

そんなところへ得意そうに銃を持って入ってくるひとりの兵士がいた。

彼はこんなの見たかいと言いながら差し出した。その銃は見たこともない。小銃と拳銃の中間くらいの大きさで、銃身と弾倉が同じくらい長い米製の自動小銃だった。三十発は入っているだろう。弾丸は小さいが、小型で何よりも自動が魅力的に思えた。

お前、これどうして持っているんだ。

途中で拾ったんだ。

やはり戦死者のものであろう。


今夜の局地戦は、昼間の前線での闘いと比べると、相当に歪んでみえる。

敵は戦線の丘陵地帯の陣地を後方部隊に任せて、平坦地域を前進し突き進んだため、千鳥飛行場、元山飛行場に通じる戦線が突出した。残された味方陣地はそれぞれが孤立したが、敵の馬乗り掃討作戦に耐えて、白兵戦を展開している。

我われがいる玉名山地区隊は、前方の海岸まで狭小なうえ、周辺の陣地が島央の戦車隊と呼応しているせいか、敵の侵攻は遅々として進まず、二歩進んでは三歩退がる激戦を余儀なくしている。

米艦隊の対空砲火

攻撃は人間地雷

のちに知ったが、硫黄島攻防戦の米軍総被害の七割は実にこの日までに与えたものであったという。以後も激戦には相違ないが、局地的であり、この日までの戦線の規模とは雲泥の差になった。

摺鉢山から玉名山に及ぶ弓形状の約三・五キロメートルの戦線は、昼夜の別なく、ナイヤガラの滝を横殴りにした様相を呈していた。あらゆる兵器を総動員して、彼我の弾丸が空中で衝突し合った。

無我の境地で撃ち合った一週間余り、わが方は飲まず喰わずで、兵器以外に手にしたものはない。生死の修羅場は一幅の地獄絵には収まらない。人間性を超越した悲惨極まりない極限の魂の衝突であった。ゆえにこの地区の生存者はきわめて少ない。これが激戦を物語っている。

硫黄島戦を代表する戦闘であったと思う。

二月二十八日、前日と同様に航空攻撃と艦砲射撃による米軍の硫黄島潰滅作戦が始まった。弾着は島央部に進み、前線が大幅に湾曲してきた。

上陸地点海岸から千鳥飛行場付近までは、米軍増援部隊の物と人が過剰なまでに充満している。屏風岩、玉名山台地付近では、一進一退を繰り返し、摺鉢山でもいまだに火炎が燃えあがる。いずれの戦闘も個別に直接対峙する激戦となり、米軍は各種の兵器を駆使して各個撃破に躍起となってきた。

敵の侵攻作戦を迎撃する日本軍陣地は、九六式重機関銃でいうなら、弾丸の口径は二十五ミリで、射程距離約四千メートル、発射弾数二百ないし四百発。弾倉三十発、砲身二本。これに要する射手は一番射手のほか三名予備、弾倉運搬、機関砲本体移動員など、一門に十名の要員である。

また、三式十二センチ砲の性能は、弾丸口径十二センチ、弾丸重量二十キロ余。発射速度は毎分七発程度となってしまう。

対する米軍戦車は、口径八センチの二連装砲身を五人の乗員によってあやつるシャーマン大型戦車である。毎分六十発以上の発射も可能である。

この戦車に対抗するには、やはり大砲であり、戦車でなければ勝算はない。

やたらに打つと自分の居所を教え、陣地を悟られる結果になり、益は何もない。だからといって静かに土中生活をしていても、米軍が進攻した後は、ブルドーザーによって、校庭のように平坦に整地されてしまう。その整地には、野積みされた米軍物資の山が毎日増えている。このままでは、外部からそっくり埋められ固められてしまうであろう。

そこで人間地雷の登場となった。今だ、今しかない。いつかは決戦するぞ、と覚悟していたのだから。

とはいえ、その地雷も、限られた一部の隊しか持っていない。他にまわすほどの余裕はないのである。

何でもよい、武器が欲しいと思っていた。武器を持っている人を羨ましくも見ていたが、いざ、米製自動小銃を持っても、日本の小銃を持っても、軍刀ですら邪魔物でしかない。一発撃ってどうなるか。自分の陣地を教える結果となり、報復の弾丸を受けなければならず、軍刀などは火事場の纏《まとい》にもならない。纏なら水がくるが、ここでは雨あられのような敵の弾丸を呼び込むだけだ。前方の敵ばかりではなく、周囲の船から双眼鏡が逐一覗いているから、艦艇からの砲撃が厳しい。自分の身勝手、無鉄砲な行動は出来ないのである。

だが、すぐにでも撃ちたい。敵兵は黒山のごとくいるのだから、あそこまで届けば何かいささかなりとも損傷を与えることができる。玉名山送信所の覗き穴からあそこまで百メートルか長くても三百メートル。擂鉢山山麓までは届かないが、地熱ヶ原や南波止場、南揚陸場付近なら有効射程距離の範囲に違いないのだが……。

確実に侵攻してきた米軍

戦車を主とする連日の攻略戦も、二月二十八日ともなると、しだいにその勢力の差が歴然としてきた。

弾着地点は確実に東に移動している。そして島央部に侵攻していくキャタピラの軋む音も正確に聴き取れるほど間近になっていた。

海岸台地道路には、まだそんなにたくさんあるのか、と思わせる多数の戦車が進撃していく。その周囲にはその護衛を兼ねた無数の米兵たちが兵器を携え出没している。

米軍は、戦線の弓形突出部にあたる千鳥飛行場、元山飛行場、北飛行場、通称第一、第二、第三飛行場を連絡する平坦道路を活用して侵攻した。

その前方には艦艇からの砲撃や飛行機からの爆撃の支援が続けられ、ゆっくり確実に圧迫している。ついにこの日の夕方には元山砲台陣地、屛風岩を結ぶ付近に進出した模様だった。
夕方になると決まって定刻で撃ち方をやめ、前日の位置まで退避する。引続き照明弾が際限もなく夜を徹して打ち上がるのも、もはや決まりごとである。

照明弾が明星のごとく浮かぶ頃、静けさを破って艦載機の爆撃が始まる。今夜は夜戦かもしれない。ついでその支援のもとに艦艇からの総砲撃だ。

そしてお互いの総力をあげての攻防戦が幕を開ける。

この時はすでに南地区隊陣地はほとんど全滅であり、摺鉢山にも星条旗が翻り、硫黄島の台地上は個々の決戦場となっていた。

二段岩、屛風岩、大阪山、玉名山等の台地上の陣地が防波堤となって、戦車群の応援を得て血みどろの攻防戦が終日繰り返された。この地区隊陣地を守備する日本軍精鋭は、これまでの疲労も忘れて、ここを死に場所と決め、米戦力の撃破に粉骨砕身、献身した。その結果、他の戦闘では見られぬ戦果を続々樹立したというが、しかしその栄誉をもって、散っていった人命の代償とすることはとうていできない。

血みどろのはてしない彼我の戦闘は、いつまで続くのか。ふと気づくと南海岸に停泊していた艦船が移動を開始した。方向を転換したのである。敵は帰るぞ、もう一息だ頑張れ、俺は心の中で叫んだ。

見れば、敵海軍の兵隊が忙しく島と海を往来している。もしや日本が勝つかもしれない、玉名山は安泰だし、西地区隊よ頑張れ、もう少しだ、と見ていると、船はまた反転し硫黄島に舳先を向けて元の位置に戻ってしまった。

日本の残存兵が地下から最期の出撃

日本軍陣地では激闘につぐ激闘の末、戦死者が続出した。前日二十七日の正午頃には、元山砲台山頂が、そして十六時頃には西地区海軍砲台高地も占領されてしまった。

それは地表上の視界に映るシルエットで確認された。しかし、山中の一角に隠れた地下壕では、残存部隊が意を決して待機している。

米軍はそれを見過ごしはしない。二段岩から玉名山に通じる台地上に、戦車とそれをとりまく歩兵連隊が、日本軍の壕を虱潰しに探している。

足下の残存部隊は、残されたあらゆる兵器を駆使してそれに挑んだ。局地的で散発的ではあるが、死を決してのなりふり構わぬ抵抗は、鬼神をも倒す勢いであった。

西揚陸場より北方の霧島部落、一文字山、海軍砲台陣地、元山砲台、それに連らなる二段岩電探跡、屛風岩を経て玉名山の少し南西側、南波止場東方にわたる一帯に、日本兵の動きをとらえることはできない。

この地区隊の組織的戦闘は皆無となった。

偶然に寄り添った二人か三人が、見知らぬ同士、よし今日こそ行くか、どの陣地にするか、などと斬り込み隊として出撃する相談である。互いに名を交わすこともなく、たったひとつの目的のためだけに意気投合する姿がある。

二つの缶詰

俺は影と二人、照明弾の合間の闇を利用して情況を偵察しに玉名山から屏風岩方面に向かった。

少し足を延ばし過ぎたか、このあたりは東の砦、激戦地だった場所だ。通り抜けるのはどうしても避けたい。もし残存兵がいて見つかったら怒鳴られ叱られ、その上、後から一発やられたのではたまったもんじゃない。よし無理であろうがなかろうが、俺は送信所に帰ることにする。「影、おまえはどうする？　ここで別れてもいいが」「行くさ、一緒に行こう」

この辺にはすんなり泊めてくれそうな壕はないと見た方がよい。よし行こう。ここから屏風岩まで距離はいくらもないが、安全を期して左側を迂回しよう。距離の短かい右側のルートには霰《あられ》のような砲弾が降ってくるし、相当数の不発弾や時限爆弾があるやもしれぬ。また、左側は照明弾の灯りも死角になっているので割り合い歩きよいであろう。

前方の敵陣まで、百メートルはない。虎視眈眈と獲物を追う狙撃兵の機関銃の餌食にいつなろうともおかしくない。一番近いはずの本隊が一番遠い。一番の難所を通らなければならないからだ。照明弾の灯りは思いのほか近くを照らし出し、俺たちの歩みは遅々として進まない。この分では朝までの到着も危ぶまれる。

パチーッと真上に落下傘が開いた。可愛くない、恨めしい灯りだ。もう少しだ、辛抱するさ。ジッと身をひそめるこのわずかの時間に、ふと家族への思いが脳裏をよぎった。満洲の荒野に、叔父や姉が、そしてフィリピンにもうひとりの叔父が、ビルマには父の従兄弟がいる。みんな今ごろどうしているのだろうか。みんな自分の持ち場で奮闘しているに違いない。みんな俺以上に苦労をしながらお国のために頑張っているのだろう。

みんなとまた会いたい。みんなと膳を囲んでいつまでも終わらぬよもやま話をしたい。もし俺だけ帰らなかったら、俺の席には陰膳《かげぜん》が据えられ写真が置かれるだろう。みんなの面白おかしい愉快な話に、おばあやん、父ちゃん、母ちゃんは作り笑顔であいづちを打つのだ。そんなのイヤだ、耐えられない。

家族に誓って俺は帰る。地獄の底からでも這い上がってやる。自分から命を投げ出すようなことは決してすまい。

だから今でも、この左側の茨の遠い道を選んだのだ。死ぬための戦争じゃない。

「影、どうする？」「そろそろ行くか」などと言葉を交しながら歩いていると、道ばたに缶詰が二個落ちている。思わず見つめあって、ニッコリして、すぐさま拾い上げた。また少し行くと、壕があった。ここだ、これが壕の入り口だ。

俺たちは入り口に近寄った。「山」と呼んだが応答がない。この壕の入り口は内側から蓋をしている。蓋といっても土丹岩を積上げただけのもので、棒でつつくか足で蹴飛ばせば、他愛なく崩れてしまう。

しばらくすると中から返事がした。「ここは満員で入る余地がない。悪いけど他を当たってくれ」。今、拾った缶詰をすぐに開けたいし、みんなと食べたいと思ったのに仕方がない。危険だが、このまま外で食べるとしよう。俺は静かに缶詰を切り出した。

短剣の切先を中央に突き差し、次いで外円周に一突きしてそこから吸い込んだ。グリーンピースの水煮だ。これが水の味か。お正月の料理のようにうまい。影と二人、一つの缶詰を代わる代わる飲んだ。味よりむしろ水分に救われた。先着した水分が五臓六腑に沁みわたっていくのがわかる。腹がグーグー鳴っている。水分を残らず吸うと、もう一度中央に短剣を突き差し、表面を十字に開いた。

掌に煮豆をこぼして頬張った。影、よかった。こんなところで思わぬ収穫があった。これでいつ死んでもいい、本望だ。いやこれからが肝心だ。静かに戻ろうと、俺たちは引揚げた。

送信所では今日は誰が行くか、伝令に出る順番について話し合っていた。そこへ一箇の缶詰を渡した。みんな喜んで、早速二箇の穴を相対して外周に開け、水分を回し飲んだ。うめえ、うめえ、と口々にいってくれた。

伝令の任を負って壕の外に出ていくことはイチかバチかの賭けのようなものだった。敵の銃弾にやられる危険性は高いが、壕の中とていずれブルドーザーの下敷きになって生き埋めにされる運命にある。俺は影とふたり、「今度外に出たら、そのときには斬り込み隊に参加して戦死しようか。それとも他の誰かとめぐりあって、運よく安全な壕に移れることを期待しようか」などと話したこともある。

送信所に戻ってひと息ついてから、俺は壕の一隅に影を呼んだ。声をひそめて耳元でいった。

「しかしヘンだ。あの缶詰はどうして二箇も揃って落ちていたのだろう」

「敵の斥候兵の類がきっと落として行ったんだよ」

「いや、そんな単純なもんじゃない。あれは餌付《えづ》けだ。このあたりに日本兵がいる、と見ているに違いない。そしてさぞ糧秣《りょうまつ》に困っているだろうから、この付近の者が出てくれれば、それを拾うであろう。缶詰なら人間以外に拾うものはいない。置いた缶詰がなくなっていたら、それはすぐ近くに日本兵が潜んでいる証拠となる。きっとそういう目論見《もくろみ》に違いない。明らかに罠だ」

もしネズミ捕りみたいに、拾った瞬間信管を引くような仕かけがあったら、それまでだ。拾うのは是かそれとも否か。生きるためにはどっちが味方するのか。

「今度見つけたらどうするかだ」。影は「考えてもしかたない。その場になって決めるさ」と言った。

ところで、当玉名山送信所の建造物は、一見確かに安全であるやに思えた。だから米軍の上陸以降、陸軍海軍の部隊が各方面から集まってきており、さながら寄り合い所帯のようになっていた。情報伝達の中枢であったことも吸引力となっていたはずだ。

しかしその大勢のための食糧確保はまったくない。持ち寄った人たちだけが素知らぬ振りをして食している。だがその大人数の排泄物は入り口のすぐ近くから奥まで続いて、肥溜めと化し異臭源となった。風の吹きようで容赦なく汚物が舞い込んでくる。どうしても居たたまれない者たちから順にここを見限って出ていった。

行く先は、粟津隊壕、南部落陣地壕、ロウソク岩周辺陣地あたりか。そしてあわよくば東地区隊に合流するつもりなのか。南波止場から神山海岸に打ち上げられた難破船を利用しての硫黄島脱出計画も囁かれていた。

戦闘はすでに島央に移行し、西地区の旧噴火口跡、鶯地獄が相次いで敵の馬乗り攻撃を受けた。船見台、タコ岩地区、霧島地区では火炎放射を浴びせられている。大阪山、テーブル岩にも迫る猛攻であった。

中央部の地熱ヶ原、屛風岩、二段岩等のわが方複廓陣地は、応援もないまま最後の弾丸を時折り撃ち放っていた。

島中央部、硫黄島神社周辺の比較的平坦な地域は陣地構築の不都合地域となり、その数少ない陣地の麻生部落は島央の砦として激戦地となった。

南部落からの米軍の侵攻は地雷原に阻まれ、また玉名山周辺陣地からの抗戦の前に遅々として進展しなかった。しかし島央より進攻して来た米軍の一群は、麻生部落や丸万部落の戦車隊を撃破した余勢をかって、玉名山陣地の後方から砲撃を開始してきた。送信所西方数十メートル地点まですでに米軍により平坦地化されていた。

ついに送信所の機能は停止した

玉名山から遠望したとき、見える景色は一変してしまった。戦闘の爪痕など微塵も残さず、あたりは真っ平にされている。

周辺に数えきれないほどあった壕は完全に塞がれ、ブルドーザーで押し潰され、何十人かは生き埋めとなり、その上を重機が砂煙を上げて動いている。もはや戦地であるとも思えない。災害後の復旧作業のようだ。

この分だと明日は玉名山が平坦な庭になってしまう。このまま埋められようか。それとも日本人ここにあり、と敵前に撃って出るか。いや、手榴弾で敵前自決した方がよいか。

結局、何も決まらない。

兵団司令部は、「戦って命を短くすることはならぬ。あくまで複廓陣地を利用してゲリラ戦に徹せよ」という方針だ。

壕に入りっぱなしで、このまま生き埋めになれというのか。飲まず喰わずで飢え死にしろというのか。ゲリラ戦に必要な兵器がどこにあるのか。俺たち通信兵が決死の思いで送る情報はいったいどこまで届いているのだろう、と疑問が渦巻く。

この壕の出入り口がたとえいくつあろうと、敵はブルドーザーで泥を積み上げ、あのローラーで平らにして戦車の通り道をつくり、資材置場をつくる。いつゲリラを仕掛けろというのか。それはネズミが猫の首に鈴をつけるより難しい。我と思わんものなどいやしない。ここから出る方法はすでにないのだ。

ついに送信所の機能は停止した。復旧資材や燃料の補充の見込みはもうない。時には、かろうじて通じた一本の無線電話が、南方諸島海軍航空隊本部壕との唯一の情報通路であったが、それもまったく使えなくなってしまった。

わが通信科は、軍律こそ整然としてはいるものの、食糧や弾薬のたぐいはすでに底をついている。

第五章

砲撃と負傷

送信所壊滅の報告を南方空本部に届けるために、弾丸の雨の中を出て行った。

艦砲射撃の砲弾を受けて負傷するも九死に一生を得る。

「俺一人じゃない、もっと重傷の人が大勢いるんだ」

送信所が火炎放射を浴びる

物凄い大音響とともに、土砂が飛び込んできた。

暗がりの部屋に砂塵が渦になって舞っている。続いて煙だ、火だ。これは火炎放射だ、静かに伏せろ。部屋の片隅に、ありったけの莚《むしろ》や敷物をかけて中に潜る。臭い、熱い、煙ったい。目を開けていられない。重油を燃やした煙突の出口にいるような状態だ。通信機器をはじめとする可燃物に引火した。燃えるかと思うと消え、また炎となったりしながら燻《くすぶ》る。

あるいは全滅か。焼かれてそれぞれが人間炭にされるのか。時折り眼が醒めるような大きな爆発音が聞こえる。戦わずして待てとは、静かに死ねということか。この玉名山送信所には複廓陣地も他部隊に通じる連絡壕などひとつもなく、四面が鉄筋コンクリートである。「前方に見えるビルディングを攻撃せよ」との通信を傍受したが、それはこの送信所のことだったのだ。

わかった。送信所特有の空中線の断片を敵は発見したのだ。その埋設部分に爆薬を仕掛けて、空中線引出用碍管《がいかん》の露出に成功し、その碍管から火炎放射を浴びせているのだろう。勢いよく送り込まれた火炎は出口を求め、わずかな隙間を辿って外に出る。その火を発見して、さらにブルドーザーが土砂を盛り上げる。その轟音が響いて部屋中に充満した。莚、毛布等なんでもよい、手当りしだいにかけ、直撃を避ける死角にひと固まりとなって息を殺していた。

しばらく経って一人が動き、また動かし、まだ生きていることを確かめ合った。

不幸中の幸いは、送信所を発見されたのが、この日、三月一日の午後の峠を過ぎていたことだ。

敵の定刻となり、機械部隊が帰途に向かう響きが伝わってきた。

まだだ、いま少し、と耐えて忍んだ。そのまま動けなくなった者もいた。

間仕切りのない一室の送信室はE型の壁で区切られている。機械室も居室もドアなしでつながっている。火炎放射された位置が、玉名山寄りから三分の一まであったため、最奥部にある送信室の位置はまだ運がよかった。

酸欠で呼吸困難に陥る。もうだめだ、限界だと、北口まで這い寄り、塞いである土丹岩を崩しはじめた。俺も、もうだめだ、と二人が三人と増えた。

あるいは出口に敵がいるやもしれぬが、眼中になく、ただ夢中で穴を開けた。雪崩のようにゴロゴロと崩された。開いた、やっと開いた。しかし期待した冷たい空気は入ってこない。臭気の濃い強い風が、外に押し出されて行くだけだ。作業はより困難となったが、先頭を交代しながら、大きくしてなんとか這い出せるまでにした。

よし出ろ、這い出せ。影はいるか、大丈夫か。大丈夫だ、外に出るぞ。

かけていたムシロがない。服がない。肌身離さず巻いていた千人針の腹巻が炭化した。身体の下になっていた部分が燻《くすぶ》っていた。

　頭に手をやると、髪が固い。握るとパリパリと折れる。化け物みたいな風体だ、と自ら認めた。身体中のどこに触れても痛い。畜生、殺《や》られてたまるか。「影、俺は後から行くから先に出てくれ」。一人がやっと通れる穴だ。順番に出るしかない。「きっと来いよ」「うん大丈夫だ」。

　やっと一条の冷たい風が走ってきた。ふと出口を見ると、外の灯りが眩しい。「あれはなんだい」「月だよ」。そうか外はすでに夜になっていたのか。本当に助かった。その月を見たい。隣の人は横になったままだ。おい、と揺り起こしたが、反応がない。彼はこの熱い部屋で冷たくなりそうだ。

　誰だ。誰でもいい、外に出せ。よし行くぞ、歯を喰い縛って這い出した。休むんじゃない、休んじゃ駄目だ、と自分を叱りながら移動した。

　もう少しだ頑張れ、と外から影の声援だ。わかったいま行くぞ、とは言ったがわずか六尺あまりの出口を瓦礫と土砂が次々とふさぐ。意外に苛酷な関所だった。やっとの思いで抜け出した。すぐ北側の大きな穴ぼこに滑るように入り、みんなと合流した。くぼみであるため、海上からは見えないはずだ。安心感が先行したのか、艦艇の動きや、照明弾の如きにも頓着なく、夢中で早い呼吸をしていた。俺のそばに寄添った影は、時折り、大丈夫か、しっかりしろ、頑張るんだなどと言葉をかけてくれた。ありがとう、大丈夫だ。ところで今、なんの話をしているんだい、と俺は聞いた。ようやく落ち着いてきたのか、彼らの話の中に入っていく余裕をとり戻していた。今日のこの詳細を本部に連絡する人を選んでいるのだという。無線連絡も不能になった以上、もはや人的行動しかない。

送信所壊滅を報告するために南方空本部へ

直線距離ではいくらでもないが、どんな外敵が待ち構えているかわからない。地雷か爆弾か砲弾、それとも鳴子、照明弾、機関銃か。生きた心地じゃ通れない。道なき道を行くことになる。

俺は過去の経過を想い出していた。島へ来てから、こんなに各地を歩いているのはたぶん俺だけだ。南遣艦隊司令部付きの名で、南方空司令部、さらには玉名山送信所、北送信所、再び玉名山送信所と異動してきた。西波止場上陸以来、島の東西南北を歩いた実績を、いまこそ生かす時だと良心が叫んでいる。お前が行かなくて誰が行くんだ、と。荒涼たる凸凹道を越えて行くことができるか。今の体力ではちょっと心もとない気がしないでもないが、俺にはまだ志願兵としての矜持がある。よし、俺が行く、と名乗り出た。ならば明日よりは今晩の方がいい、すぐ出かけたい。武器などいらない、撃ち合いをしに行くんじゃないんだ、連絡なんだ。丸腰の方が身軽でよい、と準備にかかった。着ていたものは焼け焦げたから服が必要だ。

まずはこの窪みの穴を出なくてはならない。這い上ろうとしたが、砂山のようで足を取られ、身体中に土砂がかじりつく。後を押して貰ってやっと穴から出た。気持ちがいいのか悪いのか、高揚感に似た感情が広がり無我夢中だった。あたりに倒れている人を物色して、一人から上衣を、一人からはズボンを借り受けて這いずりながら穴に戻った。

いったん窪みに戻った時には、すでに大要が決していた。「秋、頼むよ」と声の主は影であった。「ウンわかった。留守を頼むよ」と別れた。俺、本当に大丈夫かな、とちょっと不安もよぎった。

後ろ髪を引かれる、とはこのことか。穴を出ると、今まで味わったことのないほど足が重かった。

つい先刻は言語につくせぬ火炎放射を全身に浴びせられ、癒す間もなく、次の任務のために征途についた。俺のどこにこの潜在的原動力があるのか不思議に思えた。自分を疑いながらも同時に、こんなところで死んでたまるかという根性が蘇生していた。影、待ってろよ、と心で叫びながら進んだ。髪は焼け焦げ、腕は腫れ上り、衣服も借り物だ。あらゆる部位が麻痺している。けれど誰もが同じ情況下にある。五体満足なヤツなんか一人もいないんだ、と自分を叱る。

しばらく行くと目の前に穴ぼこが見えてきた。俺はそこに身を潜めた。そこにいた兵の員数は八人と知る。彼ら全員が、俺に同行して南方空本部に向かうという。俺は、前の人との距離を三メートル以上をとること、時々前後の者に声をかけ、存在を確かめ合うこと、常時、周囲の艦船に注意し、発砲らしき炎を見たら全員に聞こえるように、伏せろーっと怒鳴ること、などの注意を与えた。

艦砲の発射炎を見てすぐ伏せると、這いつくばったあとに砲弾が到着する。間があるから、直撃でない限り大丈夫なのだ。絶対に立って歩くことは駄目だ、やむを得ない時は、中腰で素早く短かく、前の人が動いている時は伏せて、一緒に動いてはならないなどと話し合い、出発した。

右の腕はある。その先の指がない

ふと見ると東海岸沖の艦砲が火炎を吐いた。伏せろーっと叫び、そして破裂音を聴いた。右方五十メートルほどだ。動くな。しばらくじっとしていた。

いくら地面にへばりついても、海よりは高い。空を背景にシルエットとして映し出されてしまう。窪みばかりじゃなく平坦なところも通らなければならない。有無もいわせぬ照明弾の下、この人数が周囲の艦船の眼を逃れることは、至難の業であった。少し進んだ。行くぞ、来い、などと声を発しながら移動した。

敵艦砲は日本兵が通ると、予期していたかのように攻撃してくる。俺がその地点を越えようとした瞬間、波動が迫った。伏せ、の声は飛んだが、高所なので避けられない。俺の左後方の至近距離で破裂だ。殺《や》られたと思った。波動と大音響で、無我の境地に落とされた。

どれくらい経ったのか。砲弾が周囲で破裂している。俺はその音に負けじとばかり、大丈夫かーっと、大声を出した。静かに応答を待った。駄目だーっと微かに聴こえた。しっかりしろーっ。次の反応はまったく聴こえない。仰向けになったまま、眼を開けた。あんなにあった星がない。真っ暗闇だ。俺は左手を頭に寄せた。ある、ある。顔をなでるとある。あるじゃないか。首も繋がっている。胴もある。大丈夫だ。けれど腰がない。吹き飛ばされてしまったのか。いや、違う。土砂だ。この左手を伸ばしても、その盛土の上まで届かない。これは凄い量だ。次に左手を右手の方に回した。腕はある。あるのにどうして？　その先の指がない。畜生、指を飛ばしやがって。なにくそ、このくらいで死んでたまるか、と咄嗟に思った。もう一度、大丈夫かー、誰かいないかー、と怒鳴ったが応答はない。

左手を道具代わりに、腹の上の土砂を掻き落した。すぐ左側には大きな穴が、俺に入れとばかりに口を開けている。しかしそこに入ったら出られないだろう。腹上の土砂をその穴に崩し入れた。一掻きごとに雪崩のように続けて転げ落ちた。腰がようやく軽くなった。眼は大丈夫かと試すようにあたりを見まわしたが何も見えない。ここは穴ぼこの途中だ、と直感した。起き上っても、この頭は船からは見えないだろう。少し休んだ。脚が痛い。右も左も全く動かない。なお懸命に土砂を崩した。やっと左の大腿部が出てきたが、血でベトベトだ。そして動かない。ゴボウでも掘るように脚にそって先まで土砂を除《の》けた。しかし左脚はついに動かない。次に右脚に力を入れた。こっちは大丈夫だ、動く。なお邪魔になる土砂を除け、力を込めて抜いた。抜けた。左手が、届く限りの全身をなでた。よし大丈夫だ、立つんだと気合いを入れて、左手をつき胴体を浮かした。よしいいぞ、右脚はちゃんと立つ。静かに左脚に体重を移動させようとしたら、瞬間的に倒れた。左大腿部は血糊が砂を吸いつけている。俺はまた叫んだ。誰かいないか。

大丈夫か。あれだけ砲撃されたのでは、あるいは全滅になったか。どうしよう、いったいここはどこだ。目標物や目印などまったくない。東海岸を右に見てその距離を推測して北に向うだけだ。その目測の眼が、今は何も捉えてくれない。何も映してくれない。怒鳴っても反応がない。どうしたものか。手から足から、その他から、腥《なまぐさ》い血の気は止まることも知らず、やたらにその筋を増し広げている。

待て。後続員はもっと重体なんだ、早く行け、と心で叫ぶ。俺の眼がかろうじて薄い光を呼び込んだ。わかった。もう少し行けば、南方空壕に通じる掘割があるはずだ。

たぶん五十メートルか六十メートル先にある。行くんだ。立った。左脚はまったくきかない。

右脚があるじゃないか。右脚で立ち、一足跳んだ。待ってろよー、頑張れえっと怒鳴って出発した。片足跳びで猪突猛進だ。すかさず艦砲が発射され、俺の前後左右で炸裂している。破片が奇妙な音響を引き連れて縦横無尽に跳び交っている。

この脚の続く限り走るんだ。伏せたら立てない。伏した時は死ぬ時だと、自分を駆り立てて、ただ細い掘割を見付けるために走った。思わず六根清浄《ろっこんしょうじょう》を口ずさんでいた。真っ黒い川のような一条が目に映った。これだ、あった。掘割だ。飛び込めえーっと、水中にでも飛び込むように跳ねた。痛えーっ、全身から血が退くまでに叩き付けられた。至近弾の降らす土砂が霰《あられ》のように嬲《なぶ》ってくる。

どれくらい経ったのか、ひときわ大きい土丹岩が横腹を蹴った。息が止まっていたのが動き出したか、動いていたのが止まったのか定かでないが、それをきっかけに我に返った。

俺たちは、明日はこの何倍かの攻撃を受けることを、もう知っている。

ここにいるんだ。助けてくれ

生き残るには、奇跡と偶然が一緒になる天佑を待つしかないと思えた。

天上の光も破裂する光線も見極める余裕はない。雨霰の集中砲火が鮮明に映し出され、戦うことも許されない、また対抗できるような兵器もない。賭けに出て飛び出したけれど、生きた心地のしない無茶な行動が、俺の寿命の軌跡だったのかと、体のない部分が疼《うず》く。

しばらくして、思い切り大きな声で壕中に怒鳴った。誰かいないか、助けてくれ。二度、三度叫んだ。ここは確かに南方空本部壕に違いない。入口あたりの急な坂道は隧道に通じる連絡口である。

ここにいると敵の誰かがきっと来る。重傷を負った身体では、暢気《のんき》に待つわけにはいかない。大腿部からは血が流れ続けている。

ややあって、人の話し声が聞こえてきた。俺は思わず、助けて、誰か来てーっとありったけの声をふり絞った。
二、三人の人影が入口に向かって近づいてきた。ああよかった、と思った時、「誰もいないようだ。気のせいか、引き返そう」という声が聴こえた。俺は最後の一声を浴びせるように声をふり絞った。ここにいるんだ、助けてくれ。彼らは、やはり誰かいると、急ぎ足で寄ってきた。俺がいた場所は、月光や照明弾の死角となり見つけにくかったのであろう。やっと俺の息づかいに気づいて近づくと、素早く担ぎあげて運んでくれた。
何もしゃべるな、静かにしていろ、と言葉をかけながら、俺の顔を覗き込んでいるのがぼんやり見えた。

通信科へ連れていってくれ、と言ったら、「その声は、秋、秋ではないか、しっかりしろ」

とひとりが言った。彼らは、俺の痛い部位をかばうように狭い坂道を降りていった。入るとほど近くに通信司令室があり、その一室に入れられた。

「通信長に報告」と声を出したら、すぐに松本掌通信長が俺の正面に立った。木田少尉をはじめ将校が掌通信長の左右に並んだ。

その情景を見たとたん、俺は操り人形のごとく、どこからともなく崩れ落ちた。頭まで地に着いてしまった。

すかさず「立てーっ」と怒声を浴びせられた。けれど俺には犬の遠吠えのようにしか聞こえない。とうてい立ち上ることはできなかった。

俺の死に際をみんなが見届けてくれるだけで満足だ、と一瞬思った。

「立てーっ」と第二声がきたようだった。俺の後方でこの様子を見ていたのか、三人の兵隊が、急遽飛び込んでくるが早いか、俺の右腕と左腕を一人ずつが肩に乗せて、俺を宙吊りにした。右手は指を失なうケガをしており、とうてい敬礼などできない。そばの一人がしっかりしろっと耳元で囁いた。

深いため息とともにやっと声が出た。玉名山送信所から来た、壕の二、三百メートル先でやられた、仲間がそのあたりにいるから迎えに行って欲しいということをたて続けに言った。よしわかったという、木田少尉の返事を聞いた。それと同時に、バタバタ馳け出した数人の足音を聞いた。ああ、これで一役終わったと、安堵感が全身に走った。俺は、なお報告を続けた。「玉名山は目下激戦の真っ最中です。武器も食糧もありません。全員一丸となって死守しております。以上、報告を終わります」。誰からも、質問はなかった。松本掌通信長が「よしわかった。ご苦労さま」と言って椅子に座った。松本少尉の指示で俺を支えてくれた三人が、両脇を支えて連れていった。

壕の入口から最初の三辻を右に曲がった。そこは医務班だった。ここには行列ができていた。順番を待っている手足のない人たち。担架に血を吐いて伏せている者もいた。俺は、一人じゃない、もっと重傷の人が大勢いるんだと思い、苦痛に耐えていた。

陸軍兵が大勢手当を受けていた。俺は素早く応急手当を受けて通信科の区画に連れてこられた。安心してゆっくり休めよ、と声をかけられ寝かされた。

ドラム缶を横に並べて莚を一枚敷いた上に着たきりのゴロ寝で、毛布が一枚あった。一枚の毛布を半分敷き、半分を掛けるようにして寝かせてくれた。

左脚大腿部は貫通破片創。右手は――

何も考えたくない。見たくもない。痛い。横になってしばらくすると、陸軍の将校が来た。

金糸を平らに編んだ紐が、肩から胸の方に何本か流れていた。直感で視察かな、と思った。そのすぐ後、二、三人偉そうな人たちやら、蟻のように汚れた服装の兵隊さんが十数人入ってきた。

病院に隣接して参謀本部や司令部があったので、そこに通じる近道なのだとわかった。この寝台は通信科の近くに置かれ南口から最初に曲がった位置にある。

このドラム缶には水が入っており主計科の管理下になっていた。

ドラム缶の波に合せて、頭を置き、次の山に当った部位が体重を支えている。壁際に脚を着けて伸ばして寝られるようになっており、その頭の先が通路になっている。

入口に近いため人通りが多くてうるさいが、時折り冷たい空気がしのび込んできて清々しさを感じる。その時以外は、常時生温い悪臭の流れが充満している。

さっきの手当ては応急処置だったのであろう。通信科の同年兵や部下の熊倉が付き添って再度、診療室に連れていってくれた。

小声で話しているので俺にはよく聞きとれないが、左脚大腿部は貫通していると言ったらしい。リバノールガーゼを針金の先につけて、穴の入口から出口へ通しているのがわかった。あれ、出ちゃった、と誰かが言った。

人指し指、中指、薬指を失った右手の方は、別な人たちが手当てをしていたが、半ばで顔を

南方諸島海軍航空隊本部壕

1 絶壁 約30m
2 見張所
3 霊安所
4 厠 大
5 小
6 タコノ見張所
7 掘割
8 ポケット（監視所） 1/3
9 土のう
10 内外境界
11 出入口
12 台地
13 通路 2/1
14 勾配 1/2
15 連絡通路
16 本部底上げ
17 支柱
18 厨房
19 倉庫
20 ドラム缶
21 医務所
22 通信科
23 階段 1/1.5

〔注〕高/巾
単位はメートル

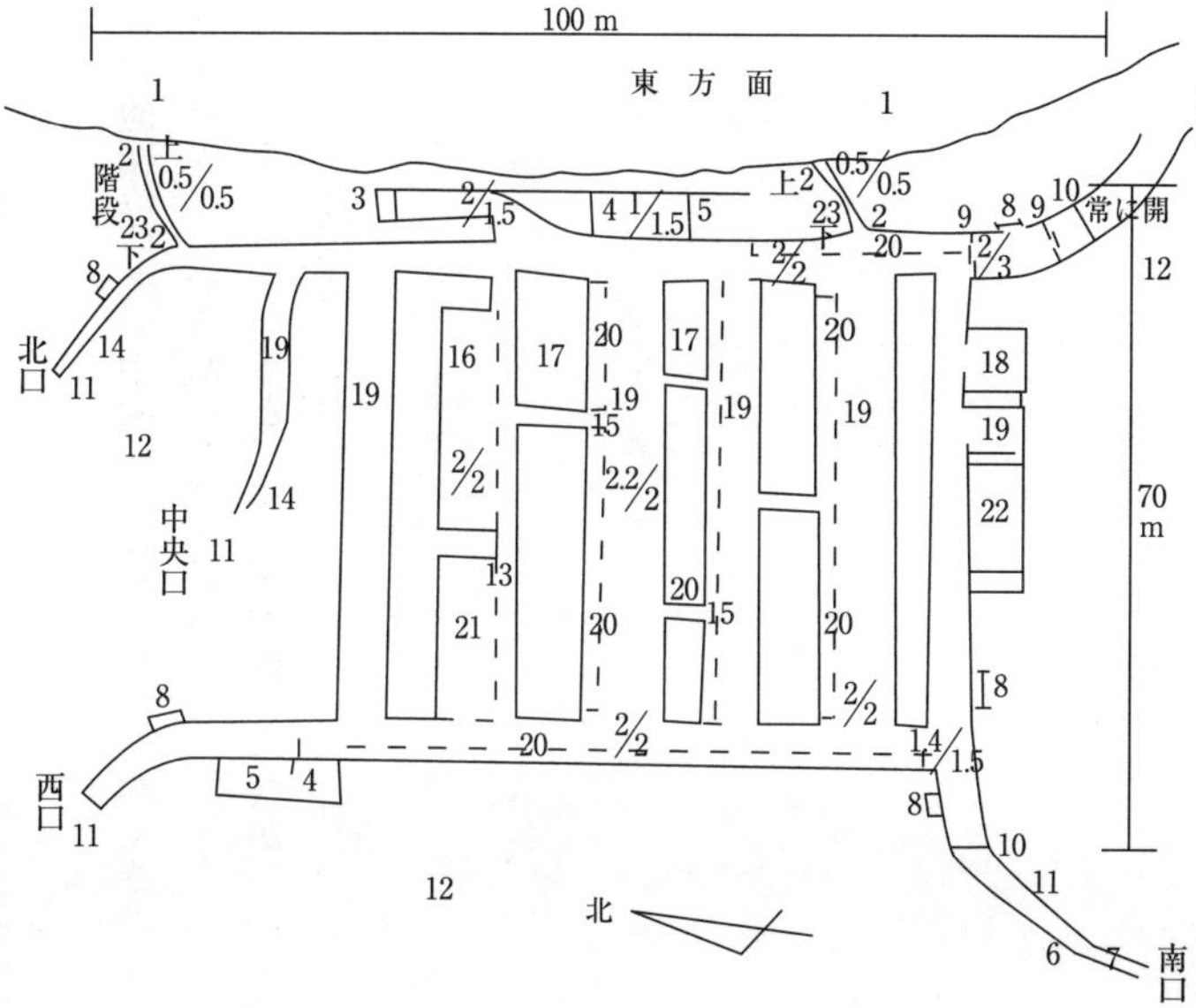

見合せて諦めたように、手を止めた。他部位の傷の手当は、診る気配すらなくさっさと引揚げていった。生死も含めてあとは天に任せようという腹なのであろう。

通信科のドラム缶の寝台に戻ってウトウトしていると、瞼に影が微笑みながら浮かんできた。頑張れえーっと叫んでいる。そしてその幻は消えていった。

第六章

玉名山からの総攻撃

玉名山地区隊の総攻撃は、三月八日決行と決まった。

通信科の残存兵は、負傷した者を壕に残して決死行に出撃する。

「俺を連れて行ってくれ」との頼みは聞いてもらえず、代わりに手榴弾がひとつ——。

影に伝言できなかったことが口惜しい

報告を終えた仲間たちは、俺の枕元にやってきた。「玉名山に戻ります。きっと迎えに来ますから元気でいて下さい」などと口々にいう声が、小さく遠く聞こえるのは、俺の意識が朦朧としているせいだろうか。

なぜ俺を置いて行くんだ。連れてってくれ、二、三日休んで一緒に帰ろう、と心の中で哀願したが、声にはならなかったようだ。小さな荷物をもった仲間たちから応答らしきものはなく、みな出口に向かっていく。玉名山を出たときより、だいぶ人数が少なくなっていた。俺に同行した八人のうち、元気にここ本部壕に来ることができたのは、後方にいた三人だけで、他は即死だったそうだ。帰途はくれぐれも気をつけて行け、と祈る思いであった。これが今生の別れになるとは、このとき誰も知らない。

俺は、玉名山で元気にしているであろう影を思い出していた。

海兵団、海軍通信学校、硫黄島といつも二人で行動してきた無二の戦友、影山昭二くん。勤務を交替する約束だったのに、それもできずに許せよ。こんなに元気で頑張ってこられたのも、みんなお前の理解ある援助のおかげだ。ありがとう。心より礼を言うよ。

南地区の砦となって最後まで敵の前進を阻止し、かつ多くの犠牲者を出して奮闘した玉名山陣地は、それだけに周囲の総攻撃を受けた。一メートルの厚さを誇る鉄筋コンクリートが、無惨な容姿となり、送信機が焼失した後もなお、その室を死守し、前線情報源として活躍するおまえの勇姿が俺の心に焼きついている。こんな結果になって許せよ、後を頼むよ、影、とやるせない気持ちにひたっていた。

玉名山に戻る仲間に、「俺は元気でいるから心配はするな、と影に伝えてくれ」と言いたかった。言えずに別れたことが口惜しい。

この頃、米軍は、霧島部落、元山砲台、二段岩、屏風岩、玉名山、南波止場という、北部落を除く日本陸海軍部隊の、すべての陣地を掃討しつつあった。わが方硫黄島守備部隊の戦力は激減し、戦闘能力などゼロに等しかった。わずかにその外郭部隊が、著しい損耗の中からかき集めた兵士と武器とで、散発的に反撃するに過ぎない。

その不規則な発砲音を小耳に挟みながら、俺はいつしか寝てしまった。

同年兵が時々入れ替りに来て、俺の顔に手をあて体の様子を心配してくれた。寝ているようだ、大丈夫だろう、などと聞こえる。

ドラム缶を横に倒した寝台は、波の山が頭に一つ、背中の中ほどと大腿部、そして足首あたりにくる。隣人とのすき間はまったくない。みな同じ向きで、まるでイワシの頬差しのようだ。

一人が寝返りを打つと、むこう三人はみんな動かされる。膝を曲げることもひと苦労だ。右手は肘を曲げて立てておかないと、痛くてすぐに眼が覚めてしまう。ないはずの指先が痛くてどうしようもない。

固く巻いた布が憎いと思うが、解いたらさらに悪いはずだ。痛みのおかげで神経がよく働いていた。

ふと、内地の風景が浮かんでくる。懐かしい山々、近くの田や畑、近所の人達の顔、家族の面々、みんな俺を見て笑っている。熱い涙が汗を連れて流れ散る。

地獄の釜から出てくるような生臭い不気味な温風が、汗ばんだ身体を舐めていく。

隣人はガタガタと音を立て身震いしている。苦しい息づかいの中から、嗚咽《おえつ》がはっきりと聞こえてくる。死にたくない、と言いながら泣いている。

時折り、照明弾の灯りか、月光か、細い筋がぼんやり壕内に木漏れ日のように差し込む。砲弾が爆発する音は、いつまでも止むことを知らない。玉名山に戻っていった連中は大丈夫だろうか、あるいはいま攻撃を受けているのは彼らなのか。

いつしか深く眠ってしまった。

郵便局員として派遣されてきた軍属の人

どれくらい寝たのか。疼きに耐えかねて眼が覚めた。周囲は何の変哲もない真夜中だ。人っ子一人歩く気配もないし、ヒソヒソ話もまったく聞こえてこない。しかし疼く右手が非常に楽に立っている。誰かが枕でもあてがってくれたのか、肘から先がほとんど垂直に天井を指している。

ドラム缶の山が身体のところどころに当り、少し前後に動かそうとしたが、どこも動かない。縛られてはいないが、左右の隙間もなく、身の痛さと不自由はどうにもならない。

そんな時、足音が近づいてきた。「どうした秋」と、起こすように俺を呼んだ。通信科の同年兵だった。「大丈夫だ、おかげさまで助かった」「ここは通信科の区画だ、安心してゆっくり休んだらよい」「ありがとう」よかったよかったと言い合った。そのあとから来たヤツはおにぎりを一個持ってきてくれた。沢庵漬けも二切れ。差し出すなり、食べて元気を出すんだ、といった。軽く右手で受取ろうとしたが、手が伸びない。左手で貰っておにぎりを食べた。珍しく銀めしだった。御飯ってこんなにおいしいものだったのかと驚いた。そのうまさは、腹の底に沁みた。

両隣りの者は、身体を起こしてドラム缶の寝台を離れていた。やはり食事に行った様子だった。

噛みしめて戴いたおにぎり。本当に何日ぶりに味わったか、数えられなくなっていた。それにしても、南地区と島央のわずかな距離で、こんなに待遇が違うものなのか。兵団司令部のあるもっと北の方面では、と一人思いを巡らしていると、隣の人が帰ってきた。静かに語りはじめた。

彼は顔中血だらけであったが、顔をケガしたわけではなかった。昨夜、彼の隣に寝かされた負傷兵は重傷でほとんど気を失っていた。その人の手が伸びて、彼の顔を枕にするようにかぶさる。その手を払うために下に伸ばそうとすると、まるでバネのようにすぐ戻ってまた彼の顔面を枕にしてしまう。本人の意志とは別に、その手だけ完全に別の生きもののようだったという。

やむなくそのままにしていると、手に巻かれた繃帯から血が沁み出して、彼の額や頬を染めていく。怒るわけにもいかず我慢していたが、頬に伝わる生温かい液体の感触を、彼の唇は見逃しはしなかった。

いつしか負傷兵の手を動かぬように両手で押さえて、その沁み出る血を息を殺すように吸ったのだそうである。

彼は「俺の五臓六腑を潤してくれたよ」と言った。

彼は、俺と同じ群馬県出身の軍属であった。県内の郵便局に勤務していたが、第二飛行場南側にあった野戦郵便局にまわされてきたのだという。二月には発着便は完全になっていたはずだが、本土に帰りそこねた理由はよくわからない。ともかく米軍の猛攻から逃れて、ここ南方諸島海軍航空隊本部壕に身を寄せている。

野戦郵便局からここまで、距離にしてわずか二キロメートルほどであるのに、夜を日に継いで、三日かかったという。俺は軍人だから戦争して当たり前だが、軍属はこの島に戦争をしにきたわけではないのだから、気の毒というしかない。

同郷人のよしみも手伝ってか、彼は矢継ぎ早に質問を浴びせた。いわく、南方の戦況はどうなっているのか、日本に帰るにはどうしたらいいのか、日本は本当に勝つのか——。言葉の端々《はしばし》に妻子への気遣いが滲み出ていた。

けれどいずれの問いかけにも、俺は返答しかねた。

この島での劣勢を挽回して、日本を勝利に導くことは、万にひとつもない。日本に帰りたがっている目の前の人に、冷水でも浴びせるように、日本は負けるよ、帰ることなどできない、生き延びることさえ難しいなどとは言えない。軍籍にあるものとしてはむしろ、バカなことを言っている暇があったら前線に弾丸運びでもしたらどうか、などと言うべきなのかもしれないが、俺には心の葛藤を抑えて相槌を打つしかできなかった。おそらく敵の勢力は日増しに伸びてきている。

通信科の残存兵は八日突撃と決まる

すでに島の過半の地域は敵の手中に落ちたであろうと思われた。今後、この形勢を反転させる奇跡は、どう贔屓目《ひいきめ》に見ても起こることはない。

南方諸島海軍航空隊参謀本部には、海軍第二十七航空戦隊司令部武官も何人かは参画していた。作戦会議は連日続けられていた。

三月六日。生垣に使えそうな細身の真竹が一本渡された。煙草のように両端を平らに切ってあり、尖ったところはない。これが竹槍だと知らされた。

これを杖にして、立ってみた。右足一本で立てた。どうにか歩ける。二歩で休み、三歩で休んだが、動けることを喜んだ。壁に体重を預けながらつたい歩きをして、夜中に外に出てみた。

眼前の敵が侵攻した一帯では、ブルドーザーが懸命に走りまわって整地している。広大だったデコボコの台地が、野球場か競馬場のように、石ころひとつ見えない真っ平な土地に変わっていた。海岸線に建てられた家屋はプレハブ式にも見える。そして自分の陣地を誇示するように、高燭光の投光器が、大きな楕円形の光源から光を放ってあたり一面を真昼のようにしていた。二日か三日で、この壕もあのように平らにされてしまうであろう。このまま生き埋めでは情けないが、それでもひさしぶりに外気を吸えてよかった。

そして戻ってみると、壕内は異様な雰囲気に変わっていた。奥の陸戦隊では、やおら機関銃や火器の点検やら整理に余念がない。そこかしこで人びとが気忙しく動いている。隣の人に聞いたが何もわからないという。しばらく様子を見ることにした。やがて、通信科の同年兵が訪ねてきた。

「秋、どうした。少しはよくなったか」

「うん。おかげで歩けるようになった。ずいぶん世話になったな、ありがとう。ところで今日はふだんと様子が違うね。近いうちに何かあるということかい？」

「うん。まあそんなとこさ」

知っているなら教えてくれ、という俺の頼みに答えて、ちょっと外に出ようということになった。俺は彼の肩を借りて、二人で入口に向かった。

投光器の灯りが眩しく映るあたりに腰を下ろした。

彼は俺の手を強く握り締めながら、まだ正式発表にはなっていないが、突撃隊の出撃は八日決行と決まった、と言った。

「他の者はいま勤務に忙殺されて来られぬから、代表して来たのだ」

「みんなによろしく。世話になった、ありがとうと伝えてくれ」

俺はふと思った。俺たちは役立たずと見て、命令伝達がないのか。それならいったいどうすればいいのだろう。

ドラム缶の寝台に戻ってくると、隣の同県人がわかりましたか、と聞いてくる。耳にした情報を彼に話すか話すまいか、嘘にもまた正直にも、返す言葉が見つからなかった。いくらあれやこれやと聞かれても、本当のことは俺らのところまでは流れてこないよ、というあたりで勘弁して貰うよりなかった。

北地区と南地区との分断

三月七日。前日から切れ目なく兵たちの忙しい動作が続いている。その最中に伝達が流れてきた。

「さまざまな情報が飛び交っているが、本部情報以外の流言を信じて行動するが如きことのないよう厳重に警告する」というものだった。一瞬、静かになったが、実際にはほかの誰からも違った情報など、ここまでは入ってこない。

俺は居合わせた負傷兵たちから話を聞いて、独自にそれらを総合して真の情報と捉えていた。すなわち西海岸沿いに北進した米軍は、大阪山より高千穂峡あたりまで完全に攻略したが、さらに三軒家、テーブル岩、漂流木あたりまで進撃している。先頭隊は天山に向かっているようである。中央北進軍は北飛行場の平地を利用して進撃、東方にある銀明水、双子岩に至った。

その動きは、わが硫黄島守備隊の、南方玉名山地区隊と北方兵団司令部隊とを分断する意図のように思えた。

南北に分断の意図を悟った栗林忠道兵団長は、守備隊を北地区、南地区それぞれにまとめて抗戦する構えを決定した。

つまり東地区隊を北地区に移転して、北地区の防備を強化し、丸万部落と東地区の一部を戦車第二十六連隊に確保させ、その他の諸部隊を玉名山地区に合流させ、防備強化を図った。守備隊中枢である兵団司令部は北地区にあって、栗林兵団長が直接指揮を執っていた。兵団の周辺では、温泉浜西側、北部落、西地区隊、北地区隊などの残存兵力をあてて、なお縦深の複廓陣地の強化に努めていた。

東地区隊は、俺の墓は俺が掘るのだ、とばかりに朝夕を徹して陣地を構築していたから、下命とはいえ、それを打ち捨てて北地区、南地区に転進するのは、本意でないと思った者もあったろう。

戦車第二十六連隊は、東山の拠点を発して各地域に分割転進し、その地区の防備につき激戦を展開したが、圧倒的多数の米軍に撃破された。爾後、南北の接点になる東山地区で最後まで激戦を続けたが、遂に米軍の分断が成功した。

この日の夕刻には、玉名山防空壕西入口から数十メートルの位置まで平坦化され、整地化された。明日はその入口も塞がれる運命にあると思えた。そこへ中村辰昭同年兵が来た。

「いよいよ明日は決行だ。十八時出発だ。正式に命令があったのだから間違いない。頑張るからな、では元気で」といって去った。

いよいよ決死行か。今夜は、もうないはずの指が、やたらに疼いて痛い。ついに眠れぬ夜を明かした。

玉名山地区隊、総攻撃の日

三月八日。今夜の決行を予知するかのように、朝から砲弾の雨で夜が明けた。

しかし連日の攻撃と違い、海と空から玉名山を集中攻撃している。今日はここを占拠する決意であるかのごとき猛烈な総攻撃であった。

昼間のうちに占拠されては今夜の計画が

実施できなくなってしまう。玉名山地区隊はこの使命に奮い立ち、死力を尽くして奮戦した。予想外の猛反撃だったのか、敵の侵攻が遅れている。

栗林兵団長は、かねてより、斬り込み攻撃や突撃決死攻撃などの戦法は欲していなかった。本土決戦態勢の整備充実のため、本土外郭陣地である硫黄島にあっては、極力長期持久戦を模索するのが賢明であると指導していた。

連日眼前に米軍が出没し、入口も閉鎖されかねない今となって、食糧は底をついた。悪臭の中で耐えて、あと何日生きることができるか。あの入口から火炎放射や爆薬攻撃を受けたら、何もしないままの全滅は明らかである。飲まず食わず戦わず、持久戦とはただ名ばかりではないか。はたして何の効果があるというのか。

今晩の総反撃は、全滅の前にせめて一矢報いようとする海軍部隊首脳の決定だった。

「玉名山地区隊は、残存兵力を結集して、二段岩から元山飛行場に向けて突撃を敢行する。北地区陸軍兵団部隊が、漂流木海岸に通ずる海岸道路から大阪山に向け進攻されんことを祈る」という意味の電報を、南方諸島海軍航空隊司令官、井上左馬二海軍大佐は栗林兵団長あてに打電した。辛うじて通じる無線電話である。

南地区隊総反撃は第一線攻撃部隊、第二線攻撃部隊とに分けられ、それぞれ水盃を挙げた。待ち遠しかった十八時が近づいた。

これより少し前、二、三人で先発した斥候兵が戻ってきた。敵影もなく、異状を認めないと報告した。

まさに十八時、出発の号令が鋭く短かく響いた。話し声などいっさいない。

五、六人が低い姿勢で飛び出した。南方空壕の南口、中央口、北口の三カ所から、それぞれ約百メートルの距離を保って、次々と出撃していった。井上大佐は中央口から先遣隊の中にあって出撃した。

先陣はもはや相当に遠くまで行ったのだろうと思った頃、この夜間斬り込み隊を察知した米軍は、照明弾を倍増して打ち上げ、真昼のような状況にした。これを合図か激烈な砲撃が始まった。

その頃、栗林兵団長より返電が届けられた。

「総攻撃は好ましくない。自重せよ」

しかしすでに南方空の海軍攻撃部隊は先陣を切って大阪山に近い位置まで達していた。

兵団長の返電は、緊急特別要員を仕立てて俺がいる南方空司令本部壕の井上左馬二大佐に届けられた。しかし計画は、変更されることはなかった。こうして、南方諸島海軍航空隊を主隊とする南地区隊と、周辺陣地の残存兵力のみの総攻撃が決行されることになった。

まもなく砲撃戦を混えた熾烈な肉弾戦が、随所に展開された。

壕には兵器を持って出番を待つ兵隊が並び、恐ろしい形相で続々と出撃していった。

やがて通信科の出番が来た。元気でな、さようなら、無理するなよ、短気起こすな、靖国神社で会おう、などと一言二言、言い放って出ていった。先遣隊とは対照的に、落着いて観念した様子だ。

「おい、秋、達者でな」。やっと同年兵たちが来た。

「頼むよ、俺を連れて行ってくれ。一緒に死なせてくれ」と叫んでいた。ここに残されるほうがよほど怖い、と思った。

「中村、鈴木、熊倉、頼むよ。連れてってくれ」

「その身体でどこまで行けると思っている」

「俺も行きたい」

「無理を言うなよ、秋。よく聞け。俺は故郷を出るとき、立派にご奉公をして金鵄勲章《きんしくんしょう》をもらってくるよ、と約束してきたんだ。お前がいたら俺は働けない。勘弁してくれ」

「わかった。そう言われちゃ無理も言えない。武運を祈っているよ」

「秋、ひとつだけ言っておく。今夜の総攻撃に、北地区陸海軍部隊は参加しない。だから、お前たちは来るなよ、きっとだぞ。持久戦に耐えてくれ」

中村は、これを形見だと思ってうけとってくれ、と手榴弾をひとつ置いて出ていった。

第七章

壕内彷徨

玉名山地区隊玉砕後の壕の中では、事実上軍紀はなくなる。
壕内の銃声・爆発音は命の終わりを意味していた。
まもなく米軍による、残存兵掃蕩が始まる。ガス攻め、水攻め、火攻めと続き――。

通信科室に火を放ち、総攻撃に出て行った

壕の中には、ついに人影がなくなった。壕の壁に身体の重みを預け、あたかも丸太を壁に沿わせて転がすように、竹の杖で支えつつ身体を回転させながら少しずつ前に進む。俺は外の様子を見るために、壕の入口まで来てみた。

照明弾の明るさで昼間の戦闘のようだ。機関銃の対抗戦だ。まるで騎馬戦のように横一列に対峙して百メートル以内の接近戦が繰り広げられている。この修羅場をなんと呼ぶのだろう。屍が累々と積み重なり、身体の一部分が、あちこちに飛び交っている。誰にも言いたくない、見せたくもない、無残な肉弾戦が展開され、曳光弾が火事場の空のように広い夜空を焦がしている。

三月九日。陽が昇るにつれ一人、また一人と壕に戻ってきた。みな疲れ果て、息も絶えだえだった。大なり小なりの負傷をしていたが、とるべき手段も策も俺には見つからない。

俺は通信科室に何かないものかとつたい歩きをして行って驚いた。通信科室は火災現場そのものだった。一晩たっても、延々と燃え続けている。用紙類、機器類、材木類、昨日までそこにあったすべてのものが、元の姿を失くしていた。ドラム缶は真っ赤になって縁《ふち》の部分が飴のよ

うに曲っている。この状況を見て、通信科の将兵たちは帰らぬ覚悟で出発したのだ、と思った。各部隊がすべて出て行ったあと、最後に壕内に火を放ち資料一切を焼いて出撃したのだろう。

第二十七航空戦隊は、昭和十八年九月頃編成され、司令官松永貞市海軍中将を迎えて、横浜航空隊にその司令部が置かれた。その司令部麾下部隊には第七五二航空隊、第四五二航空隊、第二五二航空隊、第三〇一航空隊、館山航空隊、横須賀航空隊、木更津航空隊、横浜航空隊等があった。各航空隊の戦闘機所有機数を合計すると、一千機以上もあり、最強の航空戦隊といわれた。それだけにその守備範囲も広く、北は千島列島から、北海道、東北、関東、中部、関西、南方海上という広大なものであった。特に南方海上の防備には、最強の陣容がとられていた。

硫黄島第二十七航空戦隊も、先任参謀、航空参謀、機関参謀、防備参謀、通信参謀等があり、通信参謀は、暗号解読、電信、傍受など、司令部の中央参謀業務の大半を占める部門であった。通信科はその任務の重大さを自覚し、悪臭、高温の壕内で、夜を日に継いで、業務に追われていた。ここがその戦場だ。

暗号の作成、解読、庶務、会計、気象、食卓関係、機密図書の整理確保にいたる日常茶飯事が、少人数で手際よくやり遂げられた職場だった。いま眼前に、それらが形も残さずすべて灰燼に変わろうとしていた。

昭和十九年八月、松永中将は練習連合航空総隊司令長官になられるために硫黄島を去った。後任として赴任したのが、戦闘機の神様といわれた市丸利之助少将だった。飛行場にも飛行機のない硫黄島航空隊である。神様といわれるような方でも、どうにもならないのである。小笠原兵団長兼第百九師団長栗林中将とは、再三にわたって、航空戦ではなく陸上防衛戦についての作戦会議が続けられた。通信科の焼け跡を眺めていたら、こんなありし日が走馬灯のように脳裡を馳け巡った。

だけどなぜこの煙や熱風が、俺が寝ている方向にこなかったのか、不思議に思えた。すぐ近くだというのに。

出入口は空気の流入口であり、その横穴に自分はいたのだ。みな出陣して行った南口は物凄い吸気口となり、反対側にほとんど直線的に排気していた。排気口は、吸気口に比べると数十倍の大きさで、その排気を炎とともに排出していたのである。だから吸気口の側道にあった俺の居場所まで、その異常が伝播されなかった。

通信科の排気口側に隣接する厨房にも類焼の跡があった。俺はまた引き返して、今となっては自分の専有寝床になったようなドラム缶の上に横になり、どうすればいいのか考えていた。進むこともできず、壕内にいることも、やがて飢え死の運命と決定づけられよう。影、俺はどうしたらいいんだ。

新しい〝指揮官〟が現われる

ようやく明るくなった頃、戻ってきた将兵の中には、今まで戦場で戦っていたとは思えないような恰好と素振りの一団がいた。昨夜の戦闘ご苦労さまでした、と声をかけると、ひとりが、ありがとうとひとこと言っただけだった。みんな元気そうだ。負傷者もいない。

それからしばらくすると、壕に残っていた負傷兵たちに向かって一団のひとりが話し出した。「日本軍は勇戦奮闘したが、衆寡敵せず、我に利あらず、全員玉砕したと思われる。従って、以後、南地区隊の残存陸海軍部隊の全指揮を俺が執る。左様承知されたい」と言った。

彼は拳銃を吊り軍刀を下げ、見るからに飛行兵だった。階級章はなかった。訛があると感じた。

そばで負傷兵が苦痛に耐えかねて呻き声をあげているが、本人まかせで手当てをする者はいない。「静かにせいっ」と、新しい指揮官の側近のような男が、叱りつけるように声を発した。

俺たち負傷兵は、今までの居場所を移動させられ、空いたところには、その一団が収まった。ごく近くで起きた火事の影響を受けずにいられるような、通気のいいこの場所は、この壕の特等地であったのだと思った。

指揮官を名乗った男は、何ら自己紹介をするでもなく、また職務分担を決めるわけでもない。ただ、「勝手な行動は許さない」ということだった。俺には同年兵に貰った手榴弾一発と竹が一本あるだけだ。他の連中も、その過半数は、武器も道具も持っていない。みんな自分の身を守る微《かす》かなエネルギーしか持ち合せていない。

疲れはてた身をなおも鞭打って、自分を処遇する方法を考えなくてはならない。まず水を探してみようと誰かが壕内のドラム缶を端から調べ出した。ドラム缶の大きな蓋が下になり、みんな開いている。一杯に入っていた時は蓋を上にして並べられていたが、しだいに傾けて、最後は下方に向けて、尻の方を少し高くして、ゴムホースで吸い出していた。口が下方にあるとだいたいは空になっている。俺も一緒になって探し出した。とにかく、一千人の兵隊がいても、三カ月は補給なしで生活できるといわれていたのだから、補給が絶たれて一カ月余でなくなってしまうとは思えない。二、三十本も探した付近で、短かいゴムホースを拾った。もしかしたらこの付近には、まだ少しは残っているかもしれないと念入りに探した。

千本に余るドラム缶が、壕内のいたるところに転がしてあった。念入りに探すうち、横に蓋のあるドラム缶を見つけた。俺は山に入って松茸でも見つけたように、思わず微笑んでいたに違いない。棒で少し位置を修正し、ホースを入れた。入っている液体の感触を味わい、一気に吸い込んだ。先陣は胃袋に達してしまったが、口中はもう後続を受付けない。思わずホースを抜いた。これは水ではない。この砂まじりのような油は、まさしく重油であろう。喉がヒリヒリしてきた。こんなものなら飲まない方がよかった。火が入ったり、外に流れ出しては危険だと思い、急いで蓋をした。

俺は力なく次のドラム缶を探し続けた。あれから百メートルも来たであろう。このあたりは医務班のいた場所だ。総攻撃に参加できずに取り残された戦傷兵が半裸体のまま寝そべっている。いつ食事をしたかもわからないほど衰弱し、聞きとれないうわ言を発している者もいた。

その中にやっとあった。待てよ、もしかすると水かもしれない、と嬉しく思いながら蓋を開けてホースを入れた。さっきのこともあるので静かに口に含んだ。これは一段と凄く油っこい、すかさず吐き出した。軽油だ。とうてい喉を通るような代物ではない。やはり水はないのか。

主要道を目指して奥に進んだ。ここから十メートル足らずの位置であろうが、土砂崩れのように完全に埋没していた。もはや、ここから先に進むことはできない。何本かドラム缶が並べてあることを、土砂は隠しきれずに教えているが、これを引き出すことは、次の土砂崩れを呼ぶようなものだ。逃げるようにその場から遠のいた。いま来た通路を戻ってまもなく、最初の辻を左に折れた。この付近にはおそらくあったであろう灯りは一個もない。眼を閉じているのと同じ、真の闇である。少しとどまって考えた。

あの主要道の先端は北口に向かうはずだ。西北部は一月末に受けた直撃弾が落盤事故を誘発し、多くの死傷者を出した。先ほど見た土砂崩れは、何百人かの仲間を葬った土砂の正体であったのか、と思いいたった。

六根清浄、南無阿弥陀仏

やがて気を取り直し、負傷兵のいる壕の、一つ奥の壕を東に行った。真っ暗だったのが、しだいに薄明るくなり、視界がだんだん開けてきた。見えるぞ見える、灯りがなくても壕内を歩けるようになった。俺は手榴弾を守り神に、竹の棒を杖に進んだ。いつ水を飲んだか、食事をしたか、だんだんわからなくなってきた。昼も夜もわからない。新しい朝など夢のようだ。

ようやく東側主要道に突き当たった。以前、このあたりを案内された記憶が蘇った。

東側主要道を左に曲がると、物凄い異臭がしてくる。

そうだ、この先の行き止りは霊安所だ。少し大きく広く掘った穴に、初めは整然と遺体を並べて寝かせていたが、しだいに縦に重なり、横に寝かせるようになった。ついには、穴も一杯になり、山盛りとなった。二、三人の人達が、一、二の三、の掛け声で山の頂上に死体を放り上げてきたのである。それに加えて、生きている者たちの排泄物がその右外側に捨てられていたのだが、いつからかはみ出し、手前に手前にと伸びて、その足下の不気味な感触は言語では表わせない。なんという臭いだ。五感が狂いそうだ。

折しも眼前に、青紫色のあやしげな炎のようなものが立ち昇った。そしてすぐに消えた。俺はとっさに燐だと気づいた。ローソクのような燃え方に似て、ボボーッと燃えては消え、ボボーッと燃えては滅している。変幻自在に、上の方からと思えば下から、前からと思えば後から、遠くと思えばすぐ眼前から現われる。ゾーッと身震いする。

我が目を疑って、まぶたを閉じたり開いたりしても見える。ついに俺は燐に取り巻かれてしまった。俺のまわりで消えては燃え、灯っては消えている。まるで蛍の一群のようだ。

ここで仲間に入れ、ということか。壁に寄り添った。俺はどっちから来たのか、どっちへ行けばいいのだ。花火見物に集まった人の群れのように、だれともわからぬ顔がみんないっせいに俺を見つめている。

足元にあるのはかつて人の身体だったものであろう。足が触れると、腐った甘藷《かんしょ》や南瓜《かぼちゃ》を踏んだときのような感触が伝わってくる。中心の骨だけが固く、まわりのものはズルッと削げて骨が裸になる。俺の足を捉えて踏み越させない。とうていまともには歩けない。もう歩く元気もない。燐が飛び出すのを、かろうじてへばりついた肉片が抑えているような死体があった。その泥んこのような肉片がずり落ちたら、物凄い数の燐が噴き出しそうだとわかる。

いつのまにか俺の肩や指先からも、水芸のように、青白い燐が光っては消えている。肩から発する燐は、首筋を渡って頬や耳を掠めていく。このままではいけない。完全に虜になってしまう。いまが正念場だ。冷静になろうと目をつむった。そうだ、おばあやんがよく唱えていた呪文があった。マンジェロコ、マンジェロコ。六根清浄、六根清浄。南無阿弥陀仏、南無阿弥陀仏。南無妙法蓮華経、南無妙法蓮華経。オンボッキャ、オンボッキャ。続けざまに唱えた。ともかく一生懸命に並べたてた。

何度転んだだろう。呪文を唱えながら、両足を引きずるように、ともかく動いた。

キツネ火のような燐の大軍からやっと抜け出せたのか。追いかけたり先に行ったりしていた燐が、やっと少しずつ遠ざかっていく。鳥は飛べていいなあ……。よし、俺は歩くのだ、ひとは歩かなければならぬのだ。杖をつかんで、また歩き始めた。

中村がくれた手榴弾。これでみんなと揃って靖国へ帰るのではなかったのか。もうどこにも行くあてもない、行ったところであと何日生きられるというのか？　口にするものもなく餓死するのは歴然としている。時間の問題だ。

ようやく、少し様子の違った場所に出た。あれからせいぜい数十メートルくらいであったろうに、ずいぶん時間がかかったものだと思いながらあたりを見回した。作戦参謀のあった会議所付近だった。机、椅子、寝台などの調度品は、破壊され、再度の使用は不可能な状態であった。幸いに火の入った形跡はまったくない。

その付近一帯にも、負傷兵がゴロゴロと寝かされ、悶え苦しんでいる。唄うもの、狂気の沙汰で怒鳴る者、ここに至って見知らぬ者同士で慰め合う者もいる。誰もが正常ではいられなかった。こことて食べ物や水があるわけではない。現在の体力でいつまで生かされるか、それとも早く死にたいか、みんな個人の胸三寸に任せられている。しかしこの世で、一番小さい虫の声よりなお小さい心の虫でさえ、生きていたいと願っている。

一日も早く死にたいなどと本当に心から思っている人は一人もいないだろう。助けが来てくれる、内地へ帰れるよと言葉をかければ、嘘と知りつつ誰もが微笑みを浮かべた。一方、死が近い者はうわ言を言う者が多かった。「今日は休みだよな。面会人がくることになっているんだ。もう駅に着いているかなあ……」と言ってそのまま逝った男がいた。「まだ戦争、やってんのかい？　もうやめようってみんなが言ってるよ」と言って死んだヤツは正気だったのか、そうでなかったのか、わからない。

さっき見たあのたくさんの燐の主は、死んでしまうと、自由のないこんな姿になるんだよと教えているように思えてくる。だからみんなが言った、命を粗末にするな、短気を起こすな、と。生きるための努力を俺もする。ただできることをするしか、生かされる道は転がってこないと思った。

一発の銃声は一命の終わり

この壕内は南側か東側の一方は、歩行優先通路になっており、以前よりその習慣は守られていた。この壁際を通ることによって、比較的容易に通行できた。逆に反対側にはドラム缶が転がしてあり、今は雑然としている。しかしこの壕内では、不思議と新しい戦友はできない。指揮官の発表はあるにはあったが、その後の指導連絡は一切ない。毎日が一人歩き一人合点の行動である。

大きな声や物音などを発すると、仕打ちが待っていた。武器を持っている方が優位に行動し、弱肉強食の動物的本能を丸出しにしている寄り合い世帯となっていた。俺のように単独行動者が過半数はいると思うが、飛行兵たちのように集団で行動する者たちもいた。

あれから何日たったであろう。焼け跡の通信科を覗きにいった。熱風が淀んでいる。ガスの臭いもまだ混っている。その時、一発の銃声がこだました。それは、理由はどうあれ誰かが一命を落とした証である。飢えや痛みの辛苦に耐えかねての自殺か、辛苦を見かねての殺害か、口論の末の殺人か、それは定かではない。

米軍が投げ入れた缶から煙が

もう、日時の感覚がなくなってきている。昼夜の区別も判然としない。

いくらかましな場所に移ろうと思い立った。俺は、南方空壕に運ばれて最初に寝かされた通信科のドラム缶を懐かしく思い出した。ゆっくりと壁をつたい歩きしながら、やっとたどり着いた。入口にいる一群から適当に離れているから、ここなら話し声も気にならないだろう。

横になってから、時間はどれほど経ったのだろうか。ふと気づくと入口が騒がしい。見ればそちらからドライアイスのような、あるいはバルサンを焚いたような、真っ白い煙が朦朦と噴き出ている。白い煙はまるで火事場の火の手のように容赦なく伸び、もの凄い勢いで壕内に充満し始めている。壕内のざわめきも大きくなってきた。入口付近から「静かにしろーっ」と怒声が響いた。俺は慌ててドラム缶の壁際を探した。幸い防毒マスクが見つかり、すぐに着用した。

これで安心かと思ったとき、俺のいるあたりにまで白煙の塊が押し寄せてきた。眼鏡が曇り、マスクは詰まってしまったのか、あるいは元々壊れていたのか、まったく息ができない。胸が苦しくなり咽喉が痛くなってきた。俺はマスクを取り外して捨てると、袖口を鼻や口に押し当てた。あえて風上を避けて高温で臭気のきつい霊安所に向かった。左脚の痛みをこらえながら、急げ、と自分に言い聞かせて逃げた。必死だった。

霊安所は高圧の異臭がガス圧より勝っていたのか、ガスによる被害からは逃れることができた。それにしても臭い。行くべきか止まるべきか悩んだが、やはりここにはいられない、と、また伝い歩きを始めた。

東口に来た。見張所に登った。ここで休むことにしよう。

しばらくすると、今度は負傷兵のいる奥の方から騒がしい物音が聞こえる。茶筒のような缶が中央口からゴロゴロと転がってくるのが見える。十数個もあろうか。またしても毒ガス攻撃だ。パカン、ブスン、という音とともに煙が出てきた。前のガスと違って黄色い。白地に黄色が混じった煙が天井を伝わって伸びてきた。もうどうしようもない。俺はただこの見張所にいるしかない。

煙のゆくえをよく見ると、見張所の小さな天窓に吸い込まれている。俺は、この穴が命綱だ、と思った。その小指ほどの小さな穴に唇を押し当てて、わずかに入る空気を金魚のように吸い込んだ。この空気は貴重な食糧だ。負けるもんか、負けてたまるか、という思いが胸をよぎった。

それから一週間とたたぬ間に、毒ガス弾が噴き出した中央口から、滝のような水が流れ込んできた。

雨にしてはだいぶ長い時間、降っている。といって、水攻めのために、海岸から海水をポンプで流し込むにはちょっと遠すぎる。いずれにしても水から少しでも逃れようと、高地を求めて静かに移動した。

静かにしろ、声を出すな、黙って動け、などと声が飛んでいる。俺は他の人たちと行動を別にして、東側の通路より南東に近い出入口の、東側壕内見張所にいた。主要壕より急な勾配を上ったところにある。そこからは東方海上、天山、兵団司令部壕などが見えた。

ここからは、人の出入は不可能である。外は三十メートルはある断崖絶壁だ。大きな穴を開けると敵からの攻撃を受ける心配があるため、中の煙が外へ出ないよう細く開けてあった。もし敵に見つかって狙撃兵に撃たれても、直進弾が命中しないように、少し下った位置にポケットといわれる横穴が掘ってあった。また壁の最下部を少し開け、雨水などを入りやすくし、かつ空気の流入口にしてあった。

さきほど来の水が、時とともに増し、その水音が下の方から聞こえるようになった。おそるおそる下に降りていくと、こんなに多くの兵隊さんがまだこの壕内にいたのかと驚ろいた。

彼らの多くは、プールに遊ぶ子供たちのように喜んで、水に浸っていた。さすがに将校たちは武器によりそい、水などに頓着していない。俺はどんな水かと水面まで降りていった。

異臭が鼻をつくのは、死骸や排泄物が水と渾然となっているためだった。水分より浮遊物のほうが多い。田舎の肥溜めのようだ。とうてい飲めるような代物ではない。どんな細菌がいるやもしれず、この傷だらけの身体を浸けては危ないと直感した。でもあの川上のほうでは、嬉しそうに潜っているものもいる。彼らは無傷なのか、五体無事なのか、と羨ましく思った。

そうか、ここから南東に何十メートルかで出口になる。出口から十メートルくらいに抗戦準備のために第一の土嚢が積まれ、その十メートル後ろにもう少し高く、続いて第三段がまた少し高く、頑丈な土嚢が水の排水口がないほど、積み重ねられている。その第三の土嚢よりわずか十メートル足らずの位置にあるこの階段は、いわば堰の上流のようなもので、流れが寄り集まっているところなんだ。まるで浮遊物の集積場のようになっている。

水攻めのあとに火攻めがきた

やはり壕内見張所に上がって天命を待つことにしようと上り、横になった瞬間、大きな爆発音が壕内に鋭く響き渡った。見る見る水面が真赤に染められている。

ついさっき目にした光景とはうって変った地獄絵が展開されていた。

何十日ぶりかで触れた水の感触を楽しんでいた人たちが棒立ちになっている。

壕内に爆発音が轟くと同時に、水面が瞬間的に火の海となったからだ。水が燃えている。燃え盛る火の海の中に棒立ちになっている。水に潜っても、息をつぐためにすぐ炎の水面に顔を出さなくてはならない。阿鼻叫喚とはこのことか。痛いーっ、助けてくれーっ、ギャーッ、という叫び声が幾重にも折り重なって壕内に響き渡っている。

彼らの顔や手、背中、胸、腹など衣服のないところは上部の皮膚を少し残すのみで、ほとんどの皮膚が剝けて下方にぶら下がった。それが身体の上半身を取り巻いている。その火の海を望む場所から、「お国のためだ、静かにしろっていうのがわからねえか」と覆《おお》い被《かぶ》さる者がいる。「わからねえっ、この痛さに黙っていられるか」と応酬があった後、お国のためだ、静かにしてやるよ、と言うが早いか銃声が響いた。

結局、彼らに向けられた銃の音はひとつやふたつではなかった。人影がいくつも水の中に没していった。壕のなかでは、すでに、武器を持たない者は確実に弱者となっていた。

やがて火は納まり、水面のそこかしこで材木が松明《たいまつ》のように燃えている。すすり泣きや呻き声、押し殺すような嗚咽が聞こえてくる。

この夜の銃声は壕の中だけで一晩中続いた。

俺は見張台のポケットの中で、それらの音を聞いていた。ここにも一人の負傷者を預かって寝かせた。薬品や繃帯などもなく、俺はなぐさめの言葉をかけることしかできなかったが、どこに触れても痛いといい、ぶら下がった皮の下から沁み出る血潮が、しだいにその条《すじ》を増してくる。どう処置したらいいのか見当もつかない。「見回りが来た時くらいは我慢してくれ。静かにしていないと殺されてしまうぞ」と耳元に口を近づけて俺は言った。

ここは見張員用に作られたため、二人並んで昇降できる幅はない。一人が降りてから登る交代制見張所であるが、ポケット部分が少しだけ広くなっていたため、かろうじて二人が入れたのだった。彼はようやく静かになりウトウトしだした。が、疼く傷は眠らせてはくれない。少しでも動くとお互いに眼を覚まし、あたりの気配に耳をそばだてた。結局、何事もなく、一夜を明かすことはできた。

何か食べるものはないものか。この壕の中は絶望的だ。外へ出てみようか。外に出るためには、まずこの水を乗り越えなければならない。それは気の遠くなるような困難な事業だ。むしろこの場にいるのが是か。判断できない。しかし動けるうちに移動しないと、この形のまま仏になってしまう。

第八章　一瓶のサイダー

また、かろうじて生き延びた。
もう、何日なのかもわからない。
親友〝影〟の死を知らされ、残存隊、決死の脱出行の失敗を知った。
それにしても、どこかに食べるものはないか——。

汚泥と強烈な臭気の壕を脱出

俺は意識のあるうちに少しでも動こうと決めた。彼はどうするか。聞こうと思って体に触れると、すでに冷たくなっていた。眠ったまま、ひとことも発することなく静かに逝った。人間ってこんなに簡単に死んでしまうものなのか、と思った。どこの誰なのか、聞くこともできなかった。これが俺の末路かと思うとなおさら動かずにはいられなかった。

ポケットを抜け出して降りていくと、水面の炎もすっかり消えて暗闇になっていた。俺は意を決して水に入った。水位は胸まであった。強烈な臭気と汚泥のような感触がたまらない。これだけでも死にそうになる。いまにも崩れそうな俺を、たった一本の四尺の竹の棒が支えていた。

皮肉にも深い方に行かなければ出口はない。

土嚢を積んだ防禦陣地が今は堰となって水を貯めていた。竹の杖を頼りにその堰を乗り越えた。すでに水はこの堰から溢れて次の土嚢の列を乗り越え、三つ目の堰にまで達していた。

土嚢は千鳥型に積んであり、間は人が通行できるようにすき間が設けられ、車止めのようになっていたが、流れてきた浮遊物で自然に堰を作っていた。

最後の土嚢を乗り越えると、五十メートルくらいで外に出た。それから先は無蓋の掘割が続く。掘割といっても、やっと自動車が通れるくらいの幅だ。このあたりは、南方空壕の最大の排気口として臭気を伴う熱風を吐き出していた。俺は鼠がドブから這い出た後の姿だ。全身に重い汚泥がへばりついている。

土嚢の莚《むしろ》に体を擦りつけ、汚泥を少しでも落として軽くなろうとしたが、それが傷口を傷めてしまったようだ。傷の痛みが増している。やはり何か黴菌《ばいきん》が入ったか。ともかく腰を下ろして休んだ。

しばらくしてふと気づいた。俺はいつの間にか眠っていたらしい。

日差しが差しこんでいた。なんだ、今は朝なんだ。だったらこれ以上動いてはいけない。殺菌消毒にでもなるか、と日差しの下に横になった。きれいな空気を吸えたことで、俺は久しぶりに満足感を味わえた。

東の方で「チャオー、チャオー」と、呼んでいるような、怒鳴るような声がした。まさしく米軍である。そのうちに金属食器の触れ合う音が、聞きたくもないのに聞こえてくる。しかし衣服を乾かし黴菌を皆殺しにするまでは動きたくない。結局、一日その場を動かなかった。

いつのまにか陽は西にまわり、暗くなろうとするころ、またウトウトしたらしい。が、その時、妙な足音が近づいてくるのを感じた。静かに体を隅へ押しやり、息を殺して聞き耳を立てた。

彼は味方で、しかも相当弱った軍人であるとわかった。俺がいるのを知ってか知らずか、すぐ前に腰を下ろした。銃らしきものは持っていない。彼は話しだした。

「どうだ起きないか」。えっ、知っていたのかと驚いた。いま缶詰を開けるから一緒に食べよう、といった。とたんに俺は生唾を飲み込んだ。ほんとうかいと思ったが口には出せなかった。恐る恐る側に寄って、彼の動作を見守っていた。そばに突き立てた棒状のものは軍刀だった。鋸の刃が欠けたよりなおひどい、真っ赤に錆びた刀。いったい何尺物かもわからない。柄《つか》も鍔《つば》もない。柄の部分におそらくはじめはなかったであろう真っ黒くなった布が片手分だけ巻いてある。小銃の剣より少し長めの刀だった。

彼はボソボソと話しだした。「外を歩くときはこれに限る。光ったものだとすぐに見つかってしまう。音のせぬよう鍔もいらない。抜身のままでもけっこう杖にもなる。こうして缶詰をブスリと上から十字形に切り開くにも便利だ。そら食べなさい」と差し出してくれた。

グリーンピースの水煮だった。少し塩味が強かったが一気に飲んでしまった。「申しわけありません」「いいから飲め」。もう一つ次の缶を開けた。鰯の旨煮だ。なかなか味がよく、俺の五臓六腑が驚いている。

「いま何日でしょう」「さあ、俺にもわからぬ」

短かく見ても一週間、長く見たら半月は水一杯口に入れていない、と思った。

「お蔭さまで少し寿命が伸びました。ところでこの品物はどうして?」「アメさんのを貰ってくるのさ、だまってな」「だまって?」「そこが肝心なんだ。畑から取ってくるようなわけにはいかないから命がけだぜ。生きるためだ。少しは犠牲も出たり、危険な待遇も受けないと、とうてい何にもありつけないよ。俺は二番目の土嚢のそばにいる。機会があったらまた会おう」。彼はそういって壕の中に戻っていった。

壕の外に出て食べものを

何の情報もないままにきたが、こんな生き方もあったのか。

俺はこの間、どこかの壕になにか口に入るものが落ちていないか、死者の水筒に水が入ってはいないか、そんなふうにしか考えなかった。それはもはや的外れだったことがよくわかった。彼はまた、〝アメさん〟のを貰ってくるには三人、四人で行ってはダメ、ひとりかせいぜいふたりで行け、一度にたくさん持ってくると失敗する、と教えてくれた。

いま、わが身を齧《かじ》る蚤《のみ》や虱《しらみ》は、俺の分身だ。痒いところや痛いところに巣くっていて、指で搔くと他愛なく爪のあいだにはさまってとれる。取っても取ってもいっこうに減ることをしらないそれらが、現在まで俺を生かした唯一の食べ物であった。

外へ出る勇気がないというよりも、むしろ外を歩く体力があるか不安で壕の中で過ごしてきた。そうだ、そうだよ、外は広いのだ。いい空気を吸って食べ物を拾って歩くか、敵に見つかって銃撃されるか、まあ、どちらでもいい。外に出るんだ。

光るものはダメ、音の出るものはダメ。下手に武器などないほうがいい。貴重な知恵を授けてもらった。今夜は真っ暗な夜だ。俺は勇気を出して、躊躇なく転がるように壕から出た。

前方百メートルくらいの位置だろうか、擂鉢を逆さにした円墳状の綺麗な山のシルエットが浮かんでいる。あの円墳状の小山の上からなら、こちらの壕の様子はまる見えだ。これでは南方空壕はすっかり取り巻かれたも同然だ。

そうか、それで合点がいった。ガス攻撃を受けたとき、その入口は完全に塞がれた。俺たちは壕内を遠くへより遠くへと逃げたはずなのに、すぐ上に天窓が開き、眩しいばかりの光線とともに、またあの茶筒大の缶が十数個放り込まれた。

米軍は日本兵たちは中央に集まったであろうと予想して、雨の浸水口からガソリンのような液体を流し込み、しばらくして手榴弾の如き火種を投下したのだろう。

水面に気化していたガソリンは一瞬にして引火爆発、水に浸っていた兵隊は火の海に焼かれた。さらに火が出てくる穴に次々とガス弾や爆薬が投げ込まれた。手榴弾や火炎放射の場合もある。あらゆる武器を使って俺たちに死傷を強要してきた。

その司令所か見張所がおそらく、この小山の頂きだったのだろう。山の頂上には赤と白のまだらな鯉のぼりのような吹き流しが垂れ下っていた。

鳴子で気づかれる

静かな夜であった。しばらく時間をかけ周囲の様子をうかがいながら、少しその小山に近寄った。なんの変哲もない小山だ。胸の鼓動の高鳴りを治めることに神経を集中して、休み休み近寄った。もっと進もうとした瞬間、鳴子が鳴った。小石を入れた空缶を紐に吊るして張り巡らした単純な罠に、引っ掛ってしまった。「ここにある、次はあそこだ」とわかってはいたが。その紐のゆれの大きいところが震源地だと誰もが思う。

次の瞬間、照明弾が中空に炸裂した。敵の陣地の周囲と俺がいるところから少し離れたあたりを照らした。こんな夜の照明弾は遅々として落ちず、衛星のように止まって見える。

やがて降りてきた。俺を標的にして降りてくるようだ。その時、次の照明弾が先ほどより少し輪を縮めて開いた。落ちた照明弾は俺と五、六メートルしか離れていないうえ、まだ燃え続けている。その灯りを頼って、機関銃が火を噴いた。連装の機関銃が止むことなく発射してくる。そしてその輪が次第に小さくなってきた。身動きできない。ここが俺の死に場所だったのか、と思ったとき、今まで持ち歩いていた竹棒に機関銃弾が命中した。腹這いになって伸ばした左手のすぐ下だ。左手が痺れたが、あるいは腕をやられたか。しかし一寸たりとも体を動かすことはできない。

敵弾は容赦なく襲ってくる。竹棒を撃ち当てたときの異音を察知したのか、第三回目の照明弾が炸裂し、少し間をおいてまた次が打ち上った。機銃掃射は止んだ。どれくらい釘付けにされたか。真上にあった灯もどこへ落ちたか、見当らない。ようやくあきらめたのか、小山の頂きに見えていた鉄兜の丸いシルエットが消えた。少し左手に力を入れた。大丈夫だ、動く。よし、少し動こう、と自分の体に号令して、その向きのまま後退りした。

後退りは危険だ。やはり、反転する必要がある。できれば少しでもくぼみがある所で反転したい。鳴子の紐を迂回するように、左側東方に十メートルくらい行ったであろうか、突然有刺鉄線が右袖に刺さった。これは鉄条網だ。大きな螺旋状の輪がこの円い丘を取り巻いている。右袖を引くと、大きな波を打ちながら鉄条網が尖って集まってくる。幸いまだ鳴子には引っかかっていない。棘を一本抜こうとすると、逆に三本も四本も噛みついてくる。鳴子の外に鉄条網が張り巡らしてあったのだ。

これはどうすればいいんだ。こんなものの対し方など聞いたこともない。鉄条網の輪は、跨げるほどの小ささでもない。そのうちに右袖全体が棘にからまれてしまった。鳥網にでもかかったようだ。

そういえば、鳥でも智恵ある鳥は、羽を残して飛び去るという。少年時代、裏山で見たことがある。そのことをふと思い出し、左手を使って、服を脱いだ。やれ大丈夫だ。平坦な地面にくぼみのあるのを見つけて入った。

威嚇射撃から逃れる

空には一つの星も見えないのに、反対に海面に浮かぶ黒船はますます数を増している。俺の生命はどこまでなのか。シャボン玉のような生命力しかない。それでも生かされている以上、俺は死ねない、と思った。その時、見張り兵が鳴子付近に近寄ってきた。何人かの死体を確認している。そして引揚げようとした米兵の一人が鉄条網の変形に気がついた。俺の上衣を発見した。

銃身より長い弾倉のついた銃を腰のあたりに構えて付近を見まわしながら乱射した。「まだいるかもしれない」「まだいるよ」などと会話したのだろうか。早い英語とみんな同じような声音で何も聞きとれない。ただ、まったくの威嚇射撃とも思えない。怪しく盛り上がる土を蹴とばしたりしながら執拗に探している。

食器が荒っぽくぶつかる音が響き始め、「チャオー、チャオー」の連呼が聞こえてきた。わずか五、六メートルの距離をいま彼らが通って行った、その足跡が鮮明に残っている。ああ、苦しかった。呼吸も満足にできない。俺はもう動いていいのか。一人くらい遅れてまわってくるかもしれない。もう少し、我慢しよう。食堂に全員揃ったのか、一段とにぎやかな話し声が聞こえる。食器の後かたづけらしき音も混っている。食事をすませた先発組がこちらにくる前に壕に帰りたいと、気がはやる。よし今だと動いた。靴を失くしていたので、途中で拾った靴を履きかけたが小さくて入らず、素足で壕に戻ってきた。入口付近にあった他人の靴は左右大きさが異なるがこれを履いた。服もここで借りた。

戻ってみると米軍の缶詰を分けてくれた古参兵が、第二と第三の土嚢の間に横になっていた。

「どこへ行ってきた?」

前の陣地に行こうとしたが、と一部始終を話した。

「それはだめだ、前の陣地は精鋭部隊が守っている。そこへ単身乗り込むなんて、自爆同然だよ」と言う。

俺は絶対死なない。生きる方法を考えているんだ、と返した。いまとなっては絶対安全といえる壕は、北部落の兵団司令部壕だけだ。他に安全な所はおそらくない。司令部壕はいまだ攻撃の対象になっていないようなのだ。

彼が言う。「南半分は全滅だ。北半分に的を絞って、そのうち攻撃してくるだろう。俺はもうどこにも行かない。ここを墓場と決めたんだ。ただ武器がないからな。すぐに死ぬわけにもいかないが、いずれ野垂れ死は覚悟の上だよ」

ヒョロヒョロ出れば、あの銃の餌食になる。出ない方がよい。しかし口に入るものがない今となっては、どっちを選ぶか。みんな自分で選ぶしかないんだ。

まとまって出ても、バラバラに出ても、いずれあの三連装の機関銃が、問答無用で立ちはだかってくる。自分の死に方や生き方が選択できる自由の身は、いったい幸せなんだろうか。人は誰でもいずれは死に直面するが、死に方を選択できる人は少ないだろう。俺は、死んでくれといわれるか、殺してやるといわれるまで、自分で死のうなどとは考えない。生ある限り、生かされてみるつもりだ。それが幸せになるか、不幸になるかはその時になって答が出るだろう。だから生きんがための冒険も覚悟している。

うなだれて、ところどころしか聞いていなかったような彼は、ポツリと一言言った。

「まずは身体を大事に頑張ってみてくれ。この軍刀は君にあげよう。もしまた会うことがあるなら東京だ。靖国神社の花の下で待っているよ」、そういうとぐったりと横に伏した。身心ともに疲れ果てた、そのあげくの語り草だったのだろうか。

誰もいるはずのない南に向かう

また一人になりそうだ。とにかく何か口に入れたい。土嚢の付近のドラム缶を探してみた。何か入っていそうなドラム缶があった。真っ黒になった手拭いを中に入れ、感触を見て吸い込んだ。これは重油だ、いがらっぽくてとても喉を通ってくれない。また、別の転がるドラム缶を見つけ、手拭いの先端を押し入れて啜り込んだ。これは静かに口に入ったが、水ではない。これはガソリンだ。とうてい飲めたものではない。

結局は雨水を待つしかないのか。

壕の奥には、昨日よりも燐が多く燃えている。水面に反射して、青さが紫色に濃く光る。遠吠えのように、時たま銃声が散発的に聞こえる。俺はまた壕を抜け出し外に出た。おそらくここから南方にかけては日本人のいる気配はない。心に決めたわけでもないのに、いつしか南に向かって歩き出していた。

真っ平らな開墾地のようになった場所に荷揚げされた物資が整然と四角に積まれ、その間隔が自動車一台分ほど開いている。その山にはシートが掛けられ、雨露を凌ぎ、風にも負けぬようマニラロープの太いものでしっかり縛られている。

俺はそんな海辺を竹の杖を頼りに歩いていた。だが不思議にも誰にも会わない。このシートの中味はなんだろう。裾から潜り込んだ。木製の頑丈な箱だ。これは弾薬に違いない。すぐに出た。そばの緑色のテントの中に潜った。その中はボール箱だ。食べものかもしれないと思って、荷の山を少し回った。積荷の裏側とみてとまり、まわりの気配を窺った。土を踏み付ける軍靴の固い足音が聞こえる。あの足音では四、五人はいるだろう。息を殺して、その足音を耳で追った。しばらくしてチャオーチャオーと叫ぶ声がして食器の触れ合う音が聞こえて来た。案外近い。この積荷の並びにあるいは見張所か陣地でもあるのか。古参兵にもらった軍刀で静かに箱の蓋をこじ開けた。瓶詰めだ。一気に口で栓を抜いた。サイダーだ。五臓六腑に沁みるのを感じながら一息に飲み干した。味などどうでもよかったが、この水が欲しかった。次の箱を開けた。缶詰めだ。これを一個抱えて静かに去った。

投降を呼びかける日本兵

どう間違えたか、戻った壕が違った。同じ南方空壕でも違う出入口だった。思えば朝出かけて夜中に帰ったのだ。ちょっと冒険だったと反省した。しかしその瓶の水が俺の全身を一気に元気にしてくれた。

東の空に陽が差し込む気配だ。夜中だと思っていたのに違ったのか。遠くに犬の吠える声が耳を掠めた。これは犬が追跡してくるのかもしれない。どんどん近づいてくる。軍靴の音も四、五人はいる。犬は何匹かはいる。無闇に吠えたてている。

犬と同行した連中が壕の入口で止まった。

ハンド拡声器を使って日本語で壕内に呼びかけている。

「戦争は終った。島の全部を米軍は占領している。飛行場建設のためこの地区も平坦な滑走路になる。壕の中にいるのは知っている。危害を加えることはない。もちろん生命の保証をし、負傷者には相応の手当をする。また明日来る。その後は工事にかかるから覚悟を決めろ」

早く南方空の壕に戻らなければと気は急《せ》くが、思うようには見つからない。

やっと入口を見つけた。南口だ。掘割はほとんど埋められ、入口近くが当初の面影をわずかに保っていた。

確かに入口はここだが、完全に岩を積み上げた蓋が完成されていた。

合い言葉の「山」と言っても応答がない。南方空の者だと言っても反応がない。居留守を使っているのは明らかだ。中で相談しているようだった。もはや他を探す時間的余裕もなく、移動する余力もない。

撃たれてもいいと、咄嗟に大きな声で「南方空の者だ。他に行く壕はない、ここは俺たちが掘ったんだ」と叫んだ。

それでも反応がない。思い切って崩してやろうか。撃たれてもいい。強引な行動に出ようかとも思ったが、やむなく諦めた。入口を見つけて安心したのも束の間で、谷底に蹴落された思いだった。

食器の音と反対方向に整地された地域を縫うように出たり入ったりした。わずか数メートル入った荒地の位置に小さなくぼみを見つけてその中に入った。踏まれてもよいように長めの棒切れを腹の上に乗せ、足の方から瓦礫を乗せたが、どうしても最後の左腕は隠せない。肘や肩は露出した状態。今となってはこれが最善の策だと思って横になった。これで大丈夫か、犬が吠えないかなどと心配が錯綜して全神経が尖り、落ち着かない。いいや、ここまできたら、後は野となれ山となれ、運を天に任せよう、と懸命に静かにするよう集中した。疲労も手伝ってか、いつの間にか、地面の心地よい温もりに支えられて寝てしまった。

どれくらい経ったか。寝耳に入った日本語にふと耳をすませてみると、メガホンを通して壕内に向け呼びかけていた。

「俺は南方空の三沢という者だ。壕内にいるみなさん、戦争は終った。早く出てきて、充分な食事をとって水を飲んで下さい。アメリカ人は出てくる者に一切の危害を加えません。この通り自分が証明しております。壕内にいることはわかっています。一日も早く出てきて下さい。もし出てこない場合は砲撃されるかもしれません。私は一人でも多くの人を助けたいと壕をまわっています。また来ますからよく考えて、一人でも多く出てきて下さい。無駄な抵抗はしないようくれぐれもお願いします。また明日来ます」といって去った。

足音から、十人ほどの一団のように感じた。

東に行ったあたりで次の壕を見つけたのか、メガホンが奏で始めた。風の向きか、あるいはメガホンをまわしているのか、時々大きくなったり、聞きとれない言葉もあった。

やがて南方空壕を一周したかのように、北方から俺の方に近づいてくる気配を感じた。確かに迫ってきた。どこか燻《くすぶ》る煙の出口を見つけるために遠くを見ながら歩いているのか、彼らはこの俺の穴には気づかず両側を話しながら通り過ぎた。

やっと入れてもらった壕内には

咳やくしゃみは元より呼吸さえ普通にできない。生きた心地のしない長い時間であった。全く動かない、絶対静止の時間が、こんなに精神的肉体的に応えるものかとしみじみ感じさせられた。

その時、不意にラッパが鳴った。夕食ラッパだ。食器の触れ合う音が微かに聞こえる。今だ、夜間斬り込み隊の警備につく前に移動するんだ。静かに音のせぬようにと這い出した。疼く傷口を見た。丸々と太った真っ白い蛆《うじ》が出てきた。

そんなに俺が好きなら暖めてやろうか、それともお前は身を捨て主人を守るために現れたのか。口中に入れると、ブチーッと汁を出して潰れた。すかさず汁は吸い込んだが、皮は意外に強い。一夜干しでもあるまいに。しばらくその感触を味わった。

窪みからやっと外に出た。あたりに人の気配はない。自然に歩き出していた。なんだ昨夜の出入口だ。果たして入れてくれるか。とにかく「誰かいないか。山」と、声をかけた。反応がない。昼間、日本語の呼びかけが来た。あるいは、その類の者と思い、反応がないのか。「入ってもいいかい。入るぞ。俺は南方空のものだ。撃つなら顔を見てからにしてくれ」といったら、中から声がした。覚えのある声だ。開けます、と誰かに言っているようだ。土丹岩をはずす音が聞こえてきた。俺も一つ一つくずしにかかった。

ようやく顔が覗き込めるまで開いた。

「おい、熊倉。熊倉じゃないか」

「生きててよかった。やっと逢えた」

双方から手を伸ばした。固く握った感触は泥にまみれていても、それを感じさせない熱い握り方であり、言葉は出なかった。

よし、俺もやる、と二、三人が狭い路に縦に並んで土丹岩を内後方に手渡し始めた。みるみる入口が大きく開けられた。「これなら大丈夫だ、もういいだろう」といったが、一瞬不安がよぎった。内輪で言い合っている様子が次第に荒くなり、拡声器のように手にとるように聞こえてくる。

開通の瞬間か、それとも……。もし撃たれてもよいが、付近の者が巻添えになったら申し訳ないと思うと、土丹岩を取り除く速度が俄然遅くなった。「熊倉、会いたかった。生きていてよかった。元気そうで何よりだ」と、手より口数が多くなった。「もう通れそうになった。大丈夫だろう、入ってこいよ」と中から声がかかったが、撃たれるか、刺されるか、半信半疑の予感が拭い切れず、気をつけて入ろうとした。すぐ内側にはあの指揮官と名乗る男の一群が屯《たむろ》していた。

みんな武器を構えて待っている様子だった。熊倉が急に素早く行動し始め、背中の壁際にそれとなく俺の姿を隠すようにしようという意図を感じた。

「もう大丈夫だ。ここへ手を出せ」と俺の手を催促し、固く握ったと思うと一気に引摺り込んだ。俺の負傷を彼は出撃前から知っていたが、今の切羽詰まった状況ではやむを得ない。入るとすぐに入口の復旧に取り組んだ。

最後の仕上げを認めて、俺を中に連れていった。以前に居住したあたりはすでに陣取られ、陸戦隊のいたあたりまで案内された。

生きていてよかった。元気でよかった。傷口はと心配してくれたのが何よりも嬉しかった。

「積もる話もあるが、影はどうした」

「彼は玉名山で戦死しました」

「そうか、やっぱり玉名山か」

影との思い出が次から次へと脳裏に浮かび、先ほど来の情況を完全に消滅させていた。俺も行きたい。あの玉名山が一番見晴らしのよい青山だ。影、待ってろよ、と心に思った。自然に涙が出てきた。影、もう一度会いたかった。

反抗できない、出発の決定

熊倉が話しだした。今日呼びかけの者が来た。三沢という者だ。また明日来ると言った。そこで首脳部の計画は、今夜出発と決まった。

ここから東に出て台地の終りあたりから、少し平坦な米軍の物資置場がある。この広場の四隅には投光器が終夜点灯されている。その陰を利用して、とにかく海岸道路の側まで行き、一斉に道路を横断する。そこはまだ草叢もあり、地形も断崖などで複雑だ。そこから水際まではかなりの距離があるので、少し北側にまわると、狭い地点に漁船がある。それに乗って北硫黄島に脱出する。北硫黄島には陸軍部隊はいるが、米軍の攻撃対象になっていないようだ。それに青々とした茂みがあり、戦いやすい。

もし舟がないときは、そのまま海岸づたいに北方へ行き、兵団司令部に合流する。

黙って聞いていたが、この計画に反抗したり、意見具申などできない。

そうか、と返事をしたが、「熊倉、それは不可能だ。勝手な行動は許されないであろうが、それは無理だ。充分気をつけてなあ」と心の中でつぶやいた。

その時、四、五人の群れが寄ってきた。外界の様子を聞きにきたという。

質問は俺からした。「いつ頃からいるのだ」「三月九日の夕方、ここに戻ってきた。総攻撃の後は散り散りになってしまった。俺は一人でやっとここに来た」

そして彼らもガス攻撃と火攻めに遭ったが、俺と同様、不思議に助かった。

寄ってきた一群の中に、いつか会った群馬県出身の軍属がいた。

「無事でよかった、お互い生きられたねえ」

故国に帰れる道は、これしかない。この計画の成功のほかに帰国の途はないとのことで、今晩出発しますと言う。

やはり八月からここにいたという彼も、帰りたい一念からこの計画に参加した。熊倉も、勝手な行動と見られては詮方なく賛同せざるを得なかった。

日没までに準備を完了し、出発の時を待った。俺より何日か前に壕に戻った者を案内役として先導に仕立て、夜陰に乗じて出発しようとしていた。「軍属の人のこと、熊倉、頼むよ。みんな気をつけて、成功を祈るばかりだ」と別れた。

俺は同行する体力もなく、足手まといになりかねない。途中で殺られるよりは、まだここの方が由縁《ゆかり》の地だ。玉名山とここ南方空通信科は、一対の職場だ。出発に際し、たとえ壕の入口付近まで見送るのを見て振り返りざまに爆破されても、それはそれで本望だと、不参加を決意していた。

「軍属の皆さんは戦争をしにきたんじゃないんだ。無理するなよ、けっして短気など起さないよう、生きることを第一義に考えて。熊倉、成功を祈っているよ」と話をしているうちに出発の時刻となった。十数名の残存隊が思い思いの手荷物を持って出発した。

すでに壕内には、時折り爆発音が轟いている。手榴弾による自決の道を選択した者の断末魔の響きであり、余韻であった。

俺はようやく以前の居場所が空いたので、古巣に戻った感触で、蛆と語る、蚤や虱との生活に戻った。

彼らは果たしてどこまで行けるだろう。けっしてよい予感はしなかった。

しばらくして銃声が聞こえた。機関銃だ。東方だ。すると先ほど出発した一行にちがいない。みんな大丈夫か。無茶するな。帰ってこいよ。いつ帰ってもよいように、入口は開けてある。

軍属の人たちは、一人も戻らなかった

壕の中にも明け方を知らせる明るさが湧いてきた。ドカドカーッと一群が飛び込んできた。数人の群れだった。

医務壕にはうわ言まじりの会話をしている者もあり、事態を知らぬ者もいた。

また一人帰ってきた。熊倉だ。「おおよかった、無事だったか。それで他の人はどうした」

「わからない」。息せき切って入ってきたので、少し休むがいいよ、と横になるよう促した。

入口を塞げーっと怒鳴るような声がした。戻ってきた数名の兵隊が土丹岩を拾いながら手渡して塞いだ。一群は壁にもたれて居眠りする者、苦笑しながら語り合う者などで、出発したあとの話など誰もしない。

俺は熊倉に聞いた。

台地を下りるまでに右側に陣地らしき円形の高地があったが、人のいる気配はなかった。台地からの斜面には立木や草叢が若干あり、そこに集結するまでは順調にいった。

その斜面からの眺めは想像もできないものだった。台地の麓から海岸道路まで、校庭のように広く平らに整地され、四角に積上げた積荷の山が縦横にいくつも並んでいた。その外周の隅には照明弾のような投光器がまぶしく、いたるところを照射していた。

斜面に集結した一隊は、そこから積荷の間の暗がりを利用して海岸道路に達し、一斉に道路を横断すべく徐々に進んだ。

道路の向う側は草木が茂り、暗闇状態ではどんな様子かまったくわからない。

前後左右に若干の間隔を保って一隊は揃った。周囲には人の気配を誰も感じなかった。行くぞ、と小声で合図があり、先頭から一斉に飛び出した。

先頭者が立って道路の中央付近まで行ったので、安心して他も一様に立った瞬間、正面から一斉射撃をされた。道路上で三人即死。続いて麓まで百メートル足らずの位置に数人の死者を数えた。

残りの一団は積荷の間を縫って台地の山によじ登った。安心して振り返ると煌々と照射されていたので、慌てて山をよじ登り、島央へと戻ってきた。海岸道路を越した者は一人もいなかった。

相対する道路の反対側に機関銃陣地が据えられていたのだ。銃眼が道路上から最深部の山麓までを監視し、一団の動静を一部始終見守っていた。三連装の機関銃は、接近するまで息を殺して待機していたことになる。

「大変だったな」。後日、この行動に参加した安藤という男と再会した。彼はこの時、積荷のシートの中に潜って夜を明かした。翌日、米軍の見張員や死体片づけ員、負傷者手当等の兵隊により発見され、収容されたそうである。

結局、いつまで待っても軍属の人達は一人も戻ってこなかった。

第九章

石棺

日本兵による投降の呼びかけが続く。
投降を潔しとしない者の自決も続く。
ここまでともに生を永らえた親友・熊倉も自ら命を絶って去り、
ついにひとりぼっちになって——。

投降した飛行兵たち

南方空壕の中はいつしか静まりかえっていた。

その時、犬を連れた呼びかけの一行が近づいてきた。一行の中のひとりは昨日来た三沢だ。ヤンキー帽と呼ばれる布製の四角い帽子を被り青色のアメリカの軍服を着こなしている。三沢のそばにいる二、三人のアメリカ軍人は丸腰だが二、三十メートル離れた位置には、小銃を抱えた兵隊が二、三人いた。

三沢がハンドマイクで呼びかけた。「壕の中のみなさんに話したいことがある。よく聞いてくれ。俺も日本人だ。つい先ごろまでみんなと同じくこの壕にいた。壕の中は隅から隅までよく知っている。戦争は終わったのだ。誰か代表を寄越してくれ。話をしたい。まず俺の話を聞いてみないか。生命は絶対保証する。アメリカ人もいるが、みんな丸腰だよ」

静かに聞いていた飛行兵たちは、ボソボソと話し始めた。すると以前に指揮官を名乗った飛行少尉が、軍刀や銃剣をはずして丸腰になり、「よし、行ってくる。戻るまで静かに待っていてくれ」と言ってひとりで出ていった。

しばらくして少尉は戻ってきた。壕内を、借りてきたサーチライトで照らしながら、「俺は投降することにしたい。今後の行動は自分の意思で決断してくれ。壕を出て敵前で自決する者があっても止めないが、アメリカ人と撃ち合うことだけはしないでもらいたい」と言った。するとその時「やめろーっ。自分の顔でも照らせ」と怒声が壕内から飛んだ。彼はその声に応えるように、静かに光線を自分の顔に当てた。

いつ壕内の味方から弾丸が飛んでくるかわからない状況で、彼は標的となって立っていた。その顔は青白く痩せ衰えて見えた。

「指揮官は俺だ」と宣言してから現在までその指揮官は、静かにしろっ、という下知だけは飛ばしていたが、どんな指揮も執らなかった。点呼など一度もない。この壕に何人いるか、などということにも興味はなかったようだ。いつだれが死んでも自決をしても、頓着も関心も示さなかった。だから俺は、いまさらついて行く気にはなれない。

二人、三人と飛行兵が出口に向かうと、何人かの兵隊がそれに続いた。みんな同期か、それに近い予備役の少尉だ。その後、負傷兵が外に出た。出口には武装解除の銃器が積まれた。後から出てくる者ほど悪臭を帯び、全裸に近い風体だった。しかし、まだ何人かは壕内にいた。投降が始まって二分と経たないうちに、手榴弾の爆発音が壕内に響き、誰かが散華したことを告げていた。

投降を拒否して散華した熊倉

熊倉が奥で俺を呼んでいる。俺は熊倉を追って出口とは逆の方向に向かった。「待ってー、待って、熊倉」と呼びながら追いかけたが、負傷した脚では追いつけない。少し離れてしまったとき、奥から手榴弾の爆発音が聞こえた。俺が到着したときは硝煙の臭いが立ち込め一片の肉塊もなかった。熊倉保夫上等水兵は通信科室で散華した。享年二十歳だった。

俺は涙がとめどなく溢れ出るのをどうすることもできないまま、その場に伏せていた。壕の内外にはすでに人影もなく、いよいよ独りぼっちになってしまったのか。

熊倉、俺の心がわかるか。影に先立たれたのを知っているだろう。お前にまで逝かれたいま、俺はこれからどうすればいいのだ。俺は、この太平洋の真っ只中にひとり突き落とされた思いでいる。

投降の呼びかけと抵抗と

しばらくすると、投降を呼びかける日本語が聞こえてきた。入口のすぐ前にいるようだ。その声が終わるか終わらぬうちに、突然、壕内から機関銃が乱射された。入口付近にいた米軍はいっせいに引き下がった。彼らは武器を持ってはいたが、自動小銃や拳銃ていどのようだった。相当数いるように思った。ついて行かない人がこんなにいたのかとも思った。

俺は、第一と第二の土嚢のあいだに入って身動きできずにいたが、壕内では徹底抗戦の構えでいるのか、指揮者がいるのか、定かではない。元気で血気さかんな兵士がまだいることに驚き、気強くも思ったが、しかし明日米軍がやってきて、機関銃や火炎放射器で攻撃されたらひとたまりもない。

過去の攻撃からもわかるが、壕にガスを放り込んだあと、生温かい空気が地上に漂っている付近には、必ず地下に通じる通路があることが知られる。その穴をブルドーザーでひと掘りすれば、大きな天窓ができる。そこから毒ガスの第二弾を放り込み、土砂で蓋をする。次にその白い煙が噴き出す位置を見つけるのに長い時間はかからない。そして第三次攻撃が加えられるのだ。

その攻撃のパターンは、ガスに限ったことではない。催涙弾、焼夷弾、爆薬、火炎放射や機関銃掃射等。海水か雨水かの水攻めにも遭遇した。何もしなくても、一週間もすれば全滅しそうな我われだが、なぜか頑強に抵抗して意地を通そうとしている。

翌日、米軍は朝から来た。眩しいサーチライトで壕内を照らした。「やめろーっ」と奥から声がした。続けて壕内から、誰かが「自分の顔を見せろーっ」と怒鳴った。照明を当てていた男は灯りを自分の顔に照らし、周囲の人達も照らし出した。この日連れ立って来た連中は拳銃さえ持っていない。みんな丸腰だ。

彼は言った。「俺は日本人だ。先日まで、この壕にみんなと一緒にいた深沢だ。鈴木さん、元気か。俺が保証するから一緒に来ないか。まだ何も知らないで壕にいる人たちを一人でも多く助けたいと、毎日各壕をまわっている。昨日外に出てきた人たちは、みんな俺の話を聞いてよかった、助かったと言っている。一度出てきて話を聞かないか。聞いた上でそれでも嫌ならまた壕へ戻ればいい。俺を信じてくれ。戦争が終ったことを知ってくれよ」と彼は説いた。

壕内は静まり返った。人が一人もいないように思える。作戦室だったあたりに十五、六人はいたが、みんな負傷していた。応答も反響もない。またくるよ、と言って、彼らは静かに立ち去った。

夜になって、壕内では異様な怒声が闇を破った。

「俺は奴にだまされてもいい。出ていく」

「いや、俺はあくまで抵抗する。奴らの手先になって行動し、手伝う者の気が知れぬ。日本軍人として最後まで戦いあるのみだ。日本軍人として恥ではないか。敵に降《くだ》るなら俺がこの場であの世へ送ってやる」

すでに壕内は無言の戦闘状態になっている。武器のあるものは、自然に強がりを言い放つ。

結局、決定的方向が見定められず、個人の意志に任せる、自分で決めて行動してくれということになった。

翌朝、予告通り、呼びかけ人は米兵をともなって来た。壕内で五、六人の一群が、入口方面に移動し始めた時、壕の奥から、機関銃が火を噴いた。

奥の方には、水量が豊富であった。機銃掃射の音と同時に、人の体が水面下に没したように見えるが、それを見定める視力は残念ながらない。

米軍の一団は、そのまま引揚げていった。その後には缶詰が置かれていた。さっそく、軍刀を突き刺し、十字に開いた。煮魚だ。甘い汁を飲み、中味を取り出して頬張った。日本の味を噛みしめた。

缶詰を食べてよく考えろということか。

また米軍の日課が始まったようだ。壕の穴ひとつずつに呼びかけている。拡声器やメガホンの音が、いっそう大きく、いっそう広範囲に響いてくる。あるいは最後通告としての呼びかけだろうか。別の壕からは、攻撃している模様だ。

断続的ではあるが、内外で応酬戦が始まっている。最後の意地をかけた抵抗をしているのであろう。

やがて外の一群がここに向かってきた。拡声器が鳴った。「誰も出てこないのか、それなら攻撃する。出る者は今のうちに声を出せー」

しかし、誰も声を出さない。一発の弾丸が飛び込んだ。天井の土砂を削り落した。雨のような土砂が水面にバラまかれた。

ついで発射された第二発目はかなり大きい。第一の堰の土嚢を吹き飛ばし、壕内の地面に命中した。

壕内からの応戦はない。外では火炎放射も準備されているだろう。もう少し近づいたら、俺は見つかってしまう。東側（右方）の壁に沿って静かに奥に入った。

東方見張所の階段が見つかった。本当に狙っているのか、あるいは威嚇なのかわからないが、ともかく勾配を登った。一気に登った。かつての同僚は、すでに冷たくなっている。別れたときと同じ姿で横たわっている。ほかに人が来た気配はない。俺は添い寝をするように横になった。心身ともに限界になってきた。

飲まず食わずの果てに

犬は水際まで来て吠え立てている。前の砲火で第一の土嚢は、隅まで吹き飛んだ。第二、第三は左右の端が少し名残りを留めている程度だ。

第二弾が来たら、堤は消え去り、易々と侵入されるだろう。反面、この肥溜めのような水が堤を切って放出されれば、敵も慌てて後退するかもしれない。その時、壕内の兵士は追跡するのか。追い打ちをかけるだろうか。いや、そんな兵器や人数はもう存在しない。これまで同様、ただ静かに潜んでいるだけか。

米一粒、水一杯の貯えもない上に、この世に当たり前にある空気の一筋が、ままにならない。これが本当に死を待つ心境か。それともなんとか生きてさえいれば、誰かが迎えに来るか、助けてくれるのか。日本が勝って、優勢に展開するなどとは夢にも浮かんでこない。

この生き方を何日続けるのか。どう収束させるか、本人の意志しかない。

まさに地獄の生き方を強いられていた。いつ食べたか、いつ水を飲んだか、記憶もない。おそらく、もう十日以上、飲まず食わずの日が続いていた。

時に、壕の中で大きな破裂音が響く。また誰かが手榴弾で自決したのだ。


膝まで浸っていた水が、いつの間にか引いている。屋外では、英語と日本語の会話が交わされている。五、六人は集まっている様子だ。しかし、もうそれを覗く元気も出ない。その声の一つ一つが念仏のように聞こえる。遠くなったり近くなったりする。お前はここで死ぬんだ、と誰かが耳元で囁く声が聞こえた。

そのとき、先日来のことが甦ってきた。あの熊倉のことだ。彼は年長者の経験を生かし、よく媒介役をしてくれた。彼とは影山くんと同じように親しく相談しあってきた。ここまできて彼に先立たれたことが、俺の孤独感を大きくしたような気がする。

なぜ待たなかったのだ。早まってくれたなあ、と悔やし涙に暮れて、しばらくその場に佇まざるをえなかった。

兵団司令部の最期を知る

やがて意を決して、入口近くに来てみるともう人影はなかった。みんな外に出たんだ。入口は開放のままになっていた。俺は壕内を見て回った。隣接する壕にも人のいる気配はない。

懐しい北送信所の人たちはどうしたのだろう。

医務班跡に二人の兵隊が足を投げ出して並んでいた。二人は脚を負傷して歩けないでいた。話ができる状態かどうか分からないが、切り出した。

「いつからここにいるの?」と、俺は聞いた。

「十日くらいか」

「みんな出て行ったこと、知っているかい。手榴弾が爆発したのは聞こえた?」

「知らない。手榴弾の破裂音は聞こえるけど気にしない」

負傷兵の二人は、話し続けた。

「俺たち、話相手がいるうちはこうしている。最後は、ここに拳銃と手榴弾があるから、ここで自決するんだ」と言う。

なんと返事したものか迷ったが、「短気はよした方がいいよ。俺は自決はしない。野垂れ死ぬまで、生きることに挑戦するんだ。頑張れよ、逝っちゃうと戻れないよ」と俺は言った。

しばらくして、どこから来たのか聞いてみた。北地区から、と聞こえたので、送信所を知っているかと尋ねた。彼は陸軍の兵士で、北送信所を経てここに来たという。「どうして送信所に?」という問いに彼は答えた。そして俺は彼の話から、栗林兵団長以下司令部の最期の様子を知ることとなったのである。

彼らは、当初は西地区の機銃陣地に勤務していた。海岸線を通って押し寄せた米軍は、島民墓地付近から集中攻撃してきた。いっぽう、島央第三飛行場を横断する米軍の別部隊が三軒家付近から側面攻撃を加えてきた。そのため、あの複雑な傾斜型地形に身を隠しながら移動して北送信所に入ったのだった。

翌日の夕刻、高野通信長は通信所内にいた将兵らを全員外に出したのだそうだ。通信長ひとりになった所内から銃声が響いた。部下がすぐに中に入ってみると、機械室の奥の右側、すなわち北側の壁を背にして南側に両足を投げ出すように伸ばして座り、軍刀を左手に持って胸のあたりに支えて、事切れていた。右手で拳銃を右こめかみに当てて発砲したようだった。肩から吊った拳銃と右手は離れず脇に下がっていたという。

通信所はコンクリートでできた頑丈なつくりだが、陣地ではない。彼らは兵団司令部壕に向かった。局所戦をいくつもかいくぐってやっと到着したものの、すでにそこは敵の包囲下にあり、まったくの孤立状態となっていた。ちなみに兵団司令部、陸海軍の首脳を含めた一隊はすでにそこを去り、付近陣地の残存兵を包含して海岸線を北進していた。

北海岸は、北ノ鼻、為八海岸、漂流木海岸と連なっている。この一帯は水面下に岩が点在しているため船が座礁しやすく難破場とあだ名されていた場所だ。また、水面から二、三十メートルの断崖が切り立ち、波に浸食された洞窟や干潮時だけ通れる間道などで複雑な地形を有する。つまりこのあたりは自然の要塞であり隠れ家に適していたのだ。平地では猛威を振るう敵戦車もこの地形では本領を発揮できず、火炎放射も待機の構えしかとれず、米軍は積極的な攻撃は加えられなかった。持久戦の様相でさえあったという。

この地を利用して進攻した司令部の一行は、連日、斬り込み隊を編成して防衛線を維持していたが、しだいにその勢力は減少していった。弾薬と食糧も底をついた。

さすがに栗林兵団長も決意のやむなきに至ったのであろう。陸海軍部隊の北地区に残存する総兵力を挙げて三月二十五日の夜、総攻撃を決行した。大阪山に集中奇襲攻撃を加えて米軍と死闘を展開した。大阪山攻撃のとき、軍刀を手にして山頂に立つ栗林兵団長の姿があったという。その直後、砲弾で負傷し自決したのではないかといわれている。

いのちの炭

そうだったのか。期待していた北地区も占領されたとなっては、もう頼る所はない。「ありがとう。大事にな。けっして短気を起こすなよ」と言って、二人と別れた。

俺はドラム缶の列、水のドラム缶を探して見張所に向かった。東の見張所の下に着いた。ここで行き止まりだ。登り切ったらおしまいだ。もう一度右折し通信科を目指した。主計科倉庫跡にも通信科跡にも何もない。

ある一点を注視した。炭だ。これ、木炭だ。

幼い頃、家では豚を飼っていた。飼料に藁《わら》や糠《ぬか》、麩《ふ》などに塩、炭などを与えたことを思い出した。そうだ、これだ。閃いた。豚も人も同じ生きものだ。焼いてあるから、黴《ばい》菌は心配ないだろう。拾った。消し炭だ。軟らかそうでうまそうだ。急に甘味を思い出した。思わずかじりついた。夢中で口に入れた。

そうだ、たき火で焼いた芋、灰のついた焼き芋もろくに灰を落とさず食べたじゃないか。大丈夫だ。焼き芋でも食べているつもりで食べた。味や栄養など関係ない。からだの入り口から出口まで、その通り道が癒着しないよう通らせるだけで充分だ。

好きで食べるんじゃない。人間を離れて、畜生界に列する洗礼みたいなもんだ。この炭でもたくさんあるわけじゃない。強い火で焼かれたり、時間がたつと炭は灰になってしまう。炭で残るのもまた稀少価値なのだ。

それからどれくらいの時間が過ぎたのか、まったくわからなくなっている。まさに夢遊病者のように、ノロノロと移動しながら見張所までたどり着いた。骨抜きになったような身体を横たえている。

また一人　我を知る人　失せにけり
飢えたるこの身　ひとり残して

これを何かに残して辞世としようか。やめよう。故郷の誰にも伝えることのできない辞世というのは、ひどく空しい。

その後また移動して一番奥の土嚢のそばに腰を下ろした。しばらくそうしていたが、俺は意を決してひとり再び東の見張所に行った。そこにあった知人の屍はもうなくなっていた。俺はその場所に身を横たえて過ごすことにした。目覚めては蛆《うじ》を食し、虱《しらみ》を食べて、またウトウトと寝る。体力の限界と戦う長期戦だ。

南地区は全滅で終わっても、北地区があると思ってがんばってきた。けれど北地区も終わったいまとなっては、俺はついに闘いの最後までいることができたのだ、という安堵にも似た不思議な気分に満たされている。やがて体調が変調をきたしはじめた。

傷ついた左脚が伸び切って曲がりにくい。折れ曲がった肘が伸びない。右手の指が動いている感触があるのに顔まで届かない。寝返りも打てない。

お前はここで死ぬのだ、というお告げがきたようだ。

そのうちに意識が朦朧としてきた。悪臭が充満した穴蔵の一角に、俺の石棺のような階段がある。

最後の力を振り絞って、そこに向かって登りはじめた。

おわりに

このあと、秋草さんは意識混濁に陥る。
意識を失っていく過程で夢を見た。

《故郷の大勢の人びとが、こっちを向いて遠くで手を振っている。俺がひとりで行く先には石ころばかりの河原が横たわり、子供たちが小石を積んで遊んでいる。そのそばには純白の衣を着た大きなお地蔵さまが立っている。

お地蔵さまは微笑みを浮かべて子供らの遊びを眺めている。前方で曲線を描く川には、右から左へと清い水が悠長に流れている。足を水につけた。温水のようだ。気持ちがいい。思わず両手にすくって飲んだ。続けて三杯も飲み干した。甘茶のような味がした。

川を下りながら向こう岸へと歩く。

対岸には、見たこともない、名前も知らない草花が一面に咲いている。まるで俺を迎えているようだ。けれど分け入っていくのは花を傷めてしまいかわいそうだ。もう少し下ろうか。

あった、やっと見つかった。船着場だ。渡し舟だ。桟橋に上がって丘に出た。すると丘の上には仁王さまのような大きな人が、大きな目玉を丸く開けて見下ろしていた。俺は思わず会釈をして通り過ぎた。

目の前に現れた風景に、俺は驚いて自分の目を疑った。太平洋の広さにも似た広大な花畑だ。一望の楽園である。その中には誰もいない。ここは陸なのか、島なのか。

少し奥に入ると、文殊菩薩と名乗る人に出会った。その人は、「ここまで来たら、もうお帰りなさい」と言う。俺は、どうしていいかわからず黙っていた。すると、「ここに来ると食べ物はいらない。水もいらなくなる。でもあなたはお腹が空いていて、水も飲みたいと思っている。だから、腹いっぱい食べて、水をたくさん飲んでから来なさい」と言った。》

目を醒ましたとき、秋草さんはグアム島の捕虜収容所のベッドにいた。隣のベッドにいた日本兵から、「米軍の犬に見つけられて救出されたらしい。六月一日にここに搬送されてきた」と教えられた。米軍資料によれば、五月十七日、最後の日本兵の集団が掃討され、六十三人が拘束されて死者二十人が確認された、とある。秋草さんは、このときのひとりではないだろうか。栄養失調と酸欠ですでにそれ以前から意識をなくしていたであろうから、まさに九死に一生、奇跡的に助かったというしかない。

捕虜となった秋草さんたちはその後、ハワイ、サンフランシスコ、テキサス、シカゴ、ワシントンDCへと移送されていく。

秋草さんが日本の敗戦を知ったのは、ワシントンDCの収容所にいた時だった。米軍は捕虜たちに映画を上映して見せた。ジョン・フォードの「駅馬車」や「荒野の決闘」、チャップリンの「黄金狂時代」、あるいは「風と共に去りぬ」といったハリウッド映画の上映の合間にはニュース映画が流された。九月二日の米戦艦ミズーリ号上で、外務大臣重光葵《まもる》が降伏文書に調印する姿がスクリーンに映し出されたのだ。

そして昭和二十一年一月四日、彼らを乗せた船は浦賀に帰還する。秋草さんが故郷に帰りついたのは一月十日の夕方だった。

玄関を開けると、家にひとりでいた父が驚いて言った「小学校にすぐ行け！　お前の葬式をやってる」。ほかの家族は葬式（合同慰霊祭）に列席していたが、父は葬式に出るのを拒んでいたのだ。

秋草さんは翌年に、小学校の同級生で、縁戚だった綾子さんと結婚。子供にも恵まれた。昭和二十三年、東武鉄道株式会社に入社。昭和二十五年には右手指の手術を受けたが、痛みや疼《うず》きから解放されることはない。東武鉄道には三十六年間勤務したのち退社。以降は電気保安管理技術者として働き続け、近在の企業などから配電盤の管理を受託し、七十九歳のいまも毎日仕事を続けている。

秋草さんは、自分の書斎を母屋とは別棟の、ガレージの二階に設けている。広さ十八畳ほど。ソファーとテーブル、本棚が三つ、コピー機、旧式の大きなワープロを乗せた机と椅子、押入れもある。手記はこの部屋でしたためられている。メモから原稿用紙へ（原稿用紙といっても、広告の裏に原稿の升目をコピーした紙などが多く混じっている）、それを今度は推敲しながらワープロで入力している。右手の指が不自由だから握った鉛筆のお尻で、ポツリポツリとキーボードのキーを打つ。

書き続けているその年月の長さは、秋草さんが自身に問うてきた、「あの戦いは何だったのか。どうすれば死んだ者に報いることができるのか」という問いの重さであろう。

この部屋には、秋草さんの人生の記録と思い出が詰まっている。横須賀海軍通信学校時代のさまざまな教科書や、几帳面な文字でびっしり埋まった大学ノート、松下無線製の送信用手動電鍵もとってある。捨てることなどできない。

二〇〇六年夏に放映されたNHKスペシャル「硫黄島玉砕戦——生還者61年目の証言」に、秋草さんは登場した。マスコミの取材に協力するのはこのときが初めてだった。

「玉砕の一語では、あの島で死んだ仲間たちの思いが誰にも知られることなく消えてしまう。それに耐えられるのか?」という、取材ディレクターの問いに対する「耐えられないですねえ……」という返答には、凄みがあった。

秋草さんはこうも言った。

「耐久試験だ、これは。人間の……。でも頑張るんだ、このことを誰かに言うんだ、と思った。だから俺は生きなくちゃなんない。……そういう気持ちだった」

人間存在に対する極限の〝耐久試験〟。あれほどの目にあわされて、それをなかったことにされてはたまらない、という静かで凄絶な怒りがそこにはある。

番組の終盤で秋草さんは、絞り出すように、こう言った。

「死んでね……。意味があるんでしょうかねえ。どうでしょうねえ。だけど、無意味にしたんじゃ、かわいそうですよね。それはできないでしょう。〝おめえ、死んで、意味なかったなあ……〟っていうのでは、酷《ひど》いですよね。家族に対してもね。そして、どんな意味があったかというと……これは難しいんじゃないですか？　まあ、（死んだ戦友たちに対しては）俺はこういう生き方しかできなかったんだ。勘弁してくれって言うだけです。これで許してくれ、これで精一杯なんだ、と」

さらにオンエアはされなかったが、実際の発言は、こう続けたと秋草さんは言った。

「どんな意味があったか、それは難しい。でもあの戦争からこちら六十年、この国は戦争をしないですんだのだから、おめえの死は無意味じゃねえ、と言ってやりたい」

謝辞

　昭和十九年から二十年にわたる、硫黄島の修羅場は、わずか二十二平方キロメートルの狭い舞台だった。

　死を覚悟して敵前に身をさらし、爆弾や鉄砲弾による直撃弾などで戦死する者の多くは「天皇陛下万歳！」と一声を上げて果てた。重傷を負った後、自決、あるいは他決で死んでいくものは「おっかさん」と絶叫した。負傷や病で苦しみ抜いて死んだ者からは「バカヤロー！」という叫びをよく聞いた。「こんな戦争、だれが始めた」と怒鳴る者もいた。

　壕内では、たいがい「おっかさん」と「バカヤロー！」であった。地下壕の中での生活は、人間界の極限に挑戦しており、いかなる文字を並べてもその実情に迫ることは不可能である。生還者の手記をすべて合わせても描写しきれないだろう。ただ精霊安からんことを祈念しつつ執筆した。

　執筆に当たっては、多くの方々から貴重な資料を提供いただき、また、ご指導をいただいた。特に左記の方々には、敬称を省略する無礼をご容赦いただき、ご芳名を列挙して心より厚くお礼を申し上げます。

藤野福三　海軍通信学校　第八十分隊　先任教班長
獅子　力　海軍通信学校　第八十分隊　第六班教班長
北川　博　海軍通信学校　第八十分隊　第六班　班員
上原敏郎　海軍通信学校　第六十四期　同期
福山利徳　海軍通信学校　第六十四期　同期
船見市郎　横須賀通信隊　六会分遣隊　隊員
吉田静子　硫黄島　漂流木住民
渡辺敦子　硫黄島　北地区住民
村田ヤス　硫黄島　元町住民
清水徳次郎　硫黄島生存者　飛行機整備科
小野金一　硫黄島協会　群馬県支部長
若松義文　防衛大学校　第十四期
清水　元　防衛大学校　第十五期
通信学校同期各位、ならびに硫黄島関係者各位

平成十八年十二月

硫黄島生存者　秋草鶴次

玉砕の一語では、硫黄島で死んだ仲間たちの思いが
誰にも知られることなく消えてしまう──。
脳裏に焼きついた島での体験を、戦後日本に戻って
からひたすら書きとめた。そのノートと原稿の束。

秋草鶴次（あきくさ　つるじ）

昭和2（1927）年、群馬県山田郡矢場川村（現在は栃木県足利市）生まれ。海軍を志願し、横須賀海軍通信学校卒業後、海軍通信兵に。昭和19年7月に硫黄島に派遣される。総攻撃には重傷を負っていたため参加できず、玉砕戦後も三カ月間生存して、九死に一生を得る。捕虜となってアメリカ各地を移送され、昭和21年1月に復員。東武鉄道勤務を経て、現在、自営業。帰還してからすぐ、硫黄島での体験をノートに精緻に書き留め、両親が亡くなってから、本格的に原稿を書き始めた。本稿は初の公開となる。

文春新書

544

十七歳《じゅうななさい》の硫黄島《いおうとう》

2006年(平成18年) 12月10日　第1刷発行
2006年(平成18年) 12月25日　第2刷発行

著　者　秋草鶴次
発行者　細井秀雄
発行所　株式会社 文藝春秋

〒102-8008　東京都千代田区紀尾井町3-23
電話（03）3265-1211（代表）

印刷所　理想社
付物印刷　大日本印刷
製本所　大口製本

定価はカバーに表示してあります。
万一、落丁・乱丁の場合は小社製作部宛お送り下さい。
送料小社負担でお取替え致します。

ISBN4-16-660544-5